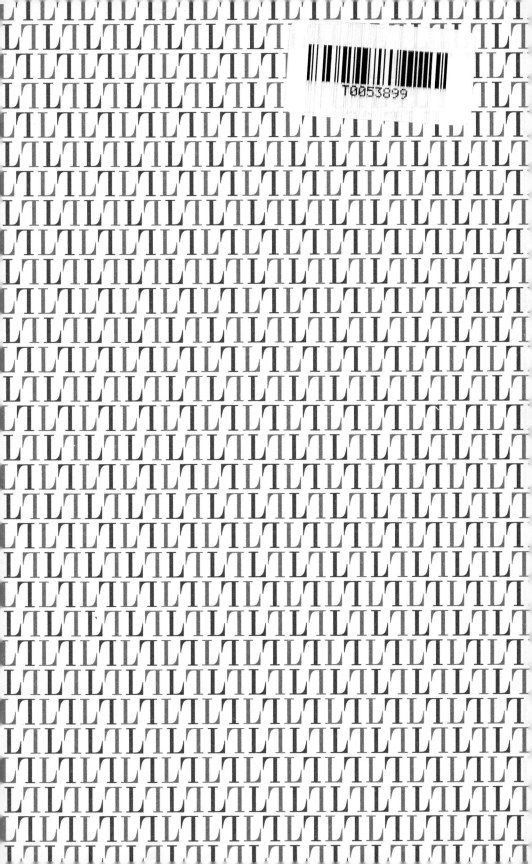

T0053899

Donde no hago pie

Donde no hago pie

Belén López Peiró

Lumen

narrativa

Papel certificado por el Forest Stewardship Council®

MIXTO
Papel procedente de
fuentes responsables
FSC
www.fsc.org
FSC® C117695

Penguin
Random House
Grupo Editorial

Primera edición: febrero de 2022

© 2021, Belén López Peiró
© 2021, Penguin Random House Grupo Editorial, S. A.
Humberto I 555, Buenos Aires
© 2022, Penguin Random House Grupo Editorial, S. A. U.
Travessera de Gràcia, 47-49. 08021 Barcelona

Printed in Spain – Impreso en España

ISBN: 978-84-264-1107-5
Depósito legal: B-18.914-2021

Compuesto en M. I. Maquetación, S. L.
Impreso en Unigraf, S. L. (Móstoles, Madrid)

H 4 1 1 0 7 5

A Valentina

«Los hombres temían que las mujeres contaran otra guerra, una guerra distinta.»

SVETLANA ALEXIÉVICH,
La guerra no tiene rostro de mujer

Juicio

1

> Estimada, elevaron la causa a juicio.
> 10:57

Después de más de un año sin novedades del expediente, recibo su mensaje. Jorge es para mí la cara de la Fiscalía que llevó adelante toda la investigación. Me recibió el primer día, tomó declaraciones a los testigos, envió las notificaciones, programó las pericias y respondió todas mis dudas sobre el proceso; solucionaba lo más urgente por teléfono para no hacerme viajar los 180 kilómetros hasta el pueblo y a veces llamaba a mi mamá para no molestarme.

Una vez, enojada, le pedí a Jorge que se comunicara directo conmigo, sin intermediarios, y le dije a mi mamá que podía sola con la causa. Lo habían hecho para cuidarme, respondieron los dos. Igual seguían en contacto y eso me aliviaba: aunque no le contara nada, mamá sabía lo que pasaba.

2

Salgo al patio para llamarlo. Su tono de voz es alegre. FIS-
CAL pidió catorce años y nueve meses de prisión y la detención inmediata de ACUSADO. Como hay un solo Tribunal Oral en funciones, la fecha del juicio demoraría un
par de meses.

—Te mantengo al tanto y te aviso si la defensa pide un
juicio abreviado.

3

Me da vergüenza hacerle tantas preguntas. Ni bien cuelga,
gugleo:

    🔍 qué es un juicio abreviado

    🔍 juicio abreviado **ventajas y desventajas**

    🔍 juicio abreviado **beneficios Argentina**

    🔍 **cuánto dura** un juicio abreviado

    🔍 juicio abreviado requisitos

Es una alternativa más rápida. El acusado se reconoce culpable de antemano pero negocia una pena menor. Incluso puede quedar en libertad.

4

El patio da a una calle peatonal poco transitada de Parque Patricios. Adentro, mis compañeros trabajan frente a sus computadoras. Me veo en uno de los ventanales de vidrio: el pelo largo y un suéter blanco de lana de mamá que uso cuando me canso de mí misma. ¿Quiero ir hasta el final? No necesito definirlo hoy, 23 de junio de 2018. Detrás de mí, se escabulle un gato negro. Camino unos pasos hacia las rejas y el gato rodea mis piernas con cautela. Me agacho para acariciarlo, salta a una gran maceta de cemento, se acuesta bajo un rayo de sol y cierra sus ojos verdes.

5

Llamo a mi abogado después de bastante tiempo. Acordamos que ni bien llegue la notificación acompañará el pedido de elevación y detención de FISCAL. Pido permiso en el trabajo, agarro mis cosas y me voy a casa. Esa tarde falto a la facultad. Tampoco me presento cinco días después a rendir el último examen de la carrera.

Mamá

Me siento en un bar de la avenida Santa Fe casi Pueyrredón y espero. Cuando dice que llega en cinco minutos siempre son diez.

Empuja la puerta de vidrio y entra, me saluda levantando la mano y va directo a la barra a pedir un café con leche para mí y uno apenas cortado para ella. Cuando se siente me va a preguntar si quiero la galletita que acompaña el café y si no, la va a envolver en una servilleta y la va a guardar en su cartera para más tarde.

Viene con la bandeja y se sienta al lado mío en el sillón, estira las piernas. Tiene puestos unos borcegos de charol negros y un pulóver rosa bebé, su color preferido. Lleva el pelo largo, rubio, y el flequillo cortado prolijamente a la altura de las cejas.

Desde que me fui de casa, traté de verla acompañada por su pareja, Gregorio. Encuentro en ella su mejor versión conmigo: prepara mate, se sienta, habla cariñosamente y a veces me da algún que otro beso y dice *te extraño* en el medio de la conversación.

Lo que no me gusta es verla cuando está mi papá. Que Tato esto, que Tato lo otro, dice cada vez más alto, y mi papá que no escucha, pero deja lo que está haciendo y responde a cada uno de sus pedidos. Sea porque mi papá pijotea y no cambia la yerba o porque la casa está sucia, discuten por cualquier cosa, como cuando todavía vivíamos juntos: por qué no te bañas, por qué no se te para, por qué no querés coger conmigo.

Tampoco me gusta verla a solas, como ahora, que pregunta poco y habla como si fuese una comediante haciendo su monólogo arriba del escenario. Trato de escucharla, la miro tomando su café y empiezo a imaginarla armando su mochila y yéndose del pueblo, enamorándose de mi viejo, criando sola a mi hermano, viniendo de la revista a casa para cambiarme los pañales; comprándome las diecisiete barbies que nunca usé, escribiéndome cartas en el avión cada vez que viajaba por trabajo. Voy y vuelvo, me decía, sos lo más importante de mi vida. Yo también respondía sus cartas. Hay una que todavía guarda: «Mamá: ¿explotó una bomba cuando yo nací?».

Antes de pedir la cuenta le pregunto cómo le fue en Santa Lucía. Cada tanto viaja al pueblo a ver cómo está la casa y entonces me dice que el viaje bien pero que se acordó de algo, que viene pensando mucho y que para ella hubo tres momentos donde debería haberse dado cuenta. Y yo le digo que basta, que no es necesario, y ella que sí, que dejame hablar a mí, que uno fue en año nuevo, un 31 a la noche que ibas a salir con todas tus primas a bailar al club náutico y que te pusiste un vestido negro evasé, te quedaba divino, ajustado a la cadera, y el pelo que te llegaba a la cintura, y me acuerdo que cuando te vio Claudio puso una cara que me quedó grabada y pensé qué pajero pero nunca me imaginé nada grave, me acuerdo que después hizo un chiste, decía que a tu novio le decían Bin Laden por voltearse una torre, y nos reímos todas, ¿te acordás? —No, no me acordaba—. También hubo otro momento, un verano que llamaste para pedir que por favor te busque papá, que para qué teníamos una casa en el pueblo si no podíamos usarla, y yo te dije que esperes dos días, que estaba trabajando, que ya llegaba el fin de semana y nos veíamos, y pensé que tal vez te habías peleado con Florencia, me acuerdo que llamé a Jesús y le pedí que se fije si había pasado algo, qué boluda no darme cuenta.

Pagamos. Yo aprovecho y la interrumpo. Vamos, vamos, mamá que se hace tarde, otro día seguimos hablando.

Defensa

1

El nuevo abogado se presenta ante el Tribunal. Acepta el cargo e inmediatamente se opone al pedido de detención de ACUSADO: su cliente goza de una conducta procesal impecable, una excelente reputación como miembro de las fuerzas de seguridad, padre y sostén de la casa, no representa ningún peligro para la sociedad ni existe ninguna posibilidad de fuga. Además, tiene una incapacidad del noventa por ciento que se puede constatar en su historia clínica.

DEFENSOR usa trajes oscuros y entallados, bronceado artificial y pelo canoso casi al ras peinado con gel. En Santa Lucía se dice que es caro pero infalible, siempre saca a los culpables de la cárcel y tiene amigos poderosos.

2

JUEZ responde inmediatamente: no hace lugar al pedido de detención y eleva la causa al Tribunal Oral Nº 1 de San Nicolás, la ciudad que está cerca de San Pedro, con la que comparte el Paraná y la ruta 9, pero que no tiene sus barrancas ni su cielo.

3

Pocos meses más tarde, asesorado por su defensa, ACUSADO solicita ser juzgado por jurados. JUEZ convoca por escrito a una audiencia para que las partes ofrezcan las pruebas que luego serán utilizadas en el debate oral. Esa audiencia se confirma para el 2 de noviembre y se cancela, se fija una nueva para el 21 de noviembre y se cancela, otra para el 19 de diciembre y se cancela.

4

Como en los cinco años que lleva la causa, a mi abogado le parece innecesario viajar. Le escribo un mensaje: me ayudó a presentar una denuncia sabiendo que con 22 años no podía pagarle.

—Ahora necesito otro tipo de acompañamiento.

—No tenés nada que agradecer, Belén.

A fines de enero renuncio a mi trabajo.

5

De chica le decía tío. Cuando escribo lo llamo por su primer nombre, le digo Claudio. Para la fuerza es el comisario. En la Justicia: ACUSADO. Yo ahora no sé cómo nombrarlo.

Abogada

1

Toco el timbre del edificio de mármol gris sobre Santiago del Estero al 300. Por esta misma calle anduve a diario cuando estudiaba en la Facultad de Ciencias Sociales, en pleno Constitución. La cuadra angosta está llena de locales de telas baratas, de ropa usada, pollerías y verdulerías. Llego media hora antes y espero parada en la esquina sobre la avenida Belgrano comiendo una manzana roja. Cuando la termino, tiro el esqueleto en el conteiner de basura verde. Llamo el ascensor. Subo al octavo y vuelvo a tocar el timbre. Luciana abre la puerta. Tiene puesto un vestido negro y unas sandalias con tiritas, a mí me transpira el bozo como cada vez que estoy nerviosa. Me hace pasar. A pesar del calor, no hay aire acondicionado: la fresca entra por el ventanal enorme que da a la avenida 9 de Julio, inusualmente callada. Es enero, plenas vacaciones de verano, todavía falta para la hora pico del tránsito.

2

Luciana busca su cuaderno, una lapicera y trae el mate. Nos sentamos una a cada lado de la mesa. A mí me duele la espalda de tanto cargar el tomo de 180 fojas. La última hoja está fechada en marzo de 2017.

Ya pasaron dos años desde que Gabriela y Carolina me acompañaron a buscar el expediente. Llevamos a Yuyo, Pierri y Roja, sus perros, y comimos un sánguche con birra en las barrancas de San Pedro antes de volver.

Saco la carpeta de la mochila y la apoyo sobre la mesa.

—¿Así que te llamás VIRGINIA?

—Sí, pero prefiero que me digan Belén.

3

El último año visité al menos tres estudios de abogados, pero me faltaba presupuesto: sus honorarios equivalían a seis meses de alquiler.

Con Luciana teníamos varias amigas en común y me daba tranquilidad que fuera lesbiana.

Conocía mi causa, había leído el libro.

—Tengo los recursos de una monotributista de 26 años que trabaja ocho horas y vive en Congreso con su mamá.

—Vení el jueves a mi oficina, así charlamos.

4

Fecha Inicio 10/12/2014   Nº Proceso **PP-16-01-003696**

PROVINCIA DE BUENOS AIRES

DEPARTAMENTO JUDICIAL DE SAN NICOLáS

Unidad Funcional   UFI Nº 5 - San Pedro   Juzgado de Garantías Nº 1

Fiscal a Cargo Dr. MANSO, MARCELO LUIS   A cargo del Dr.   VAZQUEZ, MARIA LAURA

Imputado/s   **Sarlo Claudio**

Delito/s   Vehículo/s
Abuso sexual - Art.119 párr. 1ro   Ninguno.-

Víctima o Denunciante   López Peiró Virginia Belén (Víctima - Denunciante)

Unidad Funcional de Defensa UFD Nº 1 - San Pedro -
Defensor Dr. ARES, ALEJANDRO RAUL

c/ particular damnificado. → fs ¹¹¹

Dependencia Policial

5

Ojea el expediente. Deben faltarle varias hojas, por lo menos tiene que haber uno o dos tomos más con las declaraciones de los testigos citados por ACUSADO y el pedido de elevación a juicio de FISCAL.

—Sabés qué significa, ¿no? —pregunta sin esperar respuesta—. Si FISCAL elevó tu causa a juicio es porque considera que hay pruebas suficientes para pelear una condena.

Acomoda sus lentes con aumento y me pide que me siente más cerca, así leemos juntas la causa.

Hacía tiempo que estaba guardada en el cajón de mi escritorio, cubierta de polvo. ¿Por qué imaginé que no tendría que volver a leerla?

6

Dibujo un árbol genealógico como guía. Casi toda la familia está involucrada: a favor o en contra.

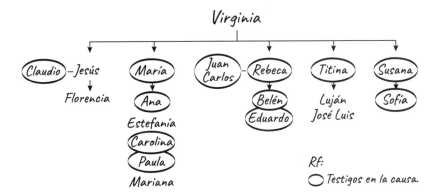

7

Luciana recorre las páginas.

—Primero presentaste la denuncia en Capital, en 2014, mirá vos, acá cerca, en el centro, en la calle Tucumán. ¿Cuántos años tenías? ¿22? Y la ratificaste allá por 2015, perfecto.

—Pasó un año entre una cosa y otra.

—¡Cómo la durmieron! Y acá fue cuando vos no aguantaste más y fuiste a la Comisaría de la Mujer, en Provincia, y también hiciste la denuncia ahí, y enseguida el juzgado de Capital se lavó las manos y dijo que era incompetente.

—Dijeron que trasladaban la causa a San Pedro porque los hechos más graves habían ocurrido en Santa Lucía.

—¿Por qué no presentaron un amparo para impedir el traslado?

—No sabía que existía esa opción.

—Bueno, no importa, ya está. Acá dice que la causa siguió en San Pedro, hay otra declaración tuya, es la cuarta, y empiezan los testimonios de tus testigos, las pruebas que presentaste, el certificado de la ginecóloga, ¿desgarro vaginal, dice?

—Hay un video en el que ACUSADO golpea a un pibe en una playa de Brasil durante el Mundial de 2014, cuando estaba con licencia médica en la fuerza.

—Sigue la pericia tuya con una nueva declaración, ¿es la quinta?

Habla rápido y sin pausa.

—Después la pericia de ACUSADO, la exposición de la asistente social que entrevistó a tus viejos y viajó al pueblo para hablar con tu prima Sofía y con tus tías, los testimonios de tus otras primas, un par de notificaciones más y ya...

Percibe algo en mí porque aclara que entiende mi enojo, las reiteradas declaraciones.

—Pero la fiscalía de San Pedro hizo bien su trabajo. La causa avanzó mucho gracias a ellos, podrían haberla cajoneado.

Dice también que los testimonios de mi mamá, mi papá y mi hermano fueron consistentes, que eso no siempre es así.

8

Me siento cansada. Le pido permiso para ir al baño, respiro profundo, reviso los mensajes. Luciana renueva la yerba y regresa a sentarse frente a mí. Mis manos recién lavadas vuelven a transpirar. No me animo a hablar.

—Belén, estoy dispuesta a acompañarte. No tengo carnet de conducir ni tengo auto, pero puedo viajar igual, de alguna forma nos vamos a arreglar.

Debajo de la mesa me saco el pellejo de las uñas. Miro la ventana. A esta hora estaría saliendo del trabajo. El sol se pierde entre los edificios, la brisa es más fuerte, roza mi cara.

—Necesito preguntarte algo —dice y respondo que sí con la cabeza—. ¿Vos qué querés?

La miro sin entender. Repite:

—Quiero saber qué querés hacer, cuál querrías que fuera el resultado, qué te haría bien, ¿entendés?

Me quedo en silencio. Ahora sí se escuchan las bocinas de los autos, las puertas de los colectivos que abren y cierran, el escape de las motos. Ella ceba otro mate y me lo acerca.

—Escuchame bien. Los estudios que tienen plata les pagan a otras personas para que trabajen, para que hagan las investigaciones, los viajes, los trámites. Acá ni vos ni yo tenemos plata, así que vamos a tener que arremangarnos. La idea es que más allá del resultado final, del veredicto de JUEZ, esto sea una reparación para vos.

Cuando termina de hablar, abro la mochila y saco el cuaderno que llevé para tomar apuntes.

—Sí.

—Sí, ¿qué?

—Que sí, que yo quiero eso para mí.

Sujeta mi mano, deja pasar unos segundos y se suelta para empezar a hablar otra vez. Enumera un orden de pasos a seguir casi sin respirar, yo intento escribirlos.

- *Hablar abogado: no quiero trabajar más con él.*
- *Domicilio en San Nicolás para notificaciones y procuradora → Ver el estado de la causa → Todas las semanas.*

—No conozco a nadie que viva en San Nicolás.

—Yo tampoco, pero empecemos a mover fichas, seguro hay alguna agrupación de mujeres. Lo puede hacer cualquier persona, no necesita ser abogada.

—¿Cómo tiene que hacer?

—Va al Tribunal, pide la causa, si hay una nueva foja le saca fotos y las manda. Es para mantenernos informadas.

- *Cambio de patrocinio.*

—Tenés que pagar a un escribano para que haga un poder. Se usa para que pueda viajar y representarte.

- *Investigar → Juicio por jurado.*

—La selección del jurado es la parte más difícil. Leete libros o mirá series y películas norteamericanas. Yo también voy a empezar a profundizar en este tema.

Cierro el cuaderno.

Papá

Llamada perdida de mi hermana: llamame, es urgente. Guardo en la mochila una agenda y un libro, otro cuaderno, una lapicera y la billetera, aviso que me tengo que ir, paso por el baño y lleno la botella con agua fría. Marco su número y me atiende. La sirena se traga su voz. Tienen que internarlo para hacerle estudios, se van en ambulancia a un sanatorio en Avellaneda. Dice que me tome el colectivo que me deja en la esquina de Belgrano y Alsina. Veo pasar a los demás que salen a comprar comida, algo liviano, a la vuelta venden unas ensaladas belgas riquísimas.

El 134 para. Me subo, me siento y abro el libro por veinte minutos. Queda más cerca de lo que pensaba, mi papá hubiese ido a pie. Todos los días camina más de cinco kilómetros con sus Topper negras, una riñonera ajustada a la cadera y un pañuelo de tela en el bolsillo del pantalón; va de su casa de Barracas a Congreso, pasa por Constitución comparando precios y buscando ofertas que nunca compra. Cuando lleva algo de valor usa una bolsa negra de supermercado para que no le roben y sospecha más de los que visten traje y llevan portafolio.

A mí me hacía caminar al colegio a las siete de la mañana, me pedía que recitara las tablas de memoria: 2 por 2 cuatro, 5 por 7 treinta y cinco, 7 por 9 sesenta y tres, en voz alta, una multiplicación - un paso, una multiplicación - un paso, 8 por 6 cuarenta y ocho... Me entrenaba en matemáticas como a él lo habían entrenado en el ejército, cuando le tocó cumplir con el servicio militar. Lo levantaban muy temprano después de hacer guardia toda la noche y de un grito le hacían limpiar el playón grande, cumplir con las instrucciones como cuerpo a tierra o salto en rana, y recién después a desayunar. Cuando me contaba eso yo me sentía mejor porque por lo menos ya me había tomado el mate cocido con el alfajor Guaymallén y le decía que ochenta y uno, que 9 por 9 es ochenta y uno, pero que no me gustaban las matemáticas. Tampoco me gustaba que cruzara la calle a mitad de cuadra sin respetar ningún semáforo, que no quisiera comprarme algo en el kiosco y que me diera de menos cuando le pedía plata para la merienda.

Una vez yendo al instituto de inglés le dije que se vaya, que podía sola; ya estaba grande y me daba vergüenza que mis compañeras me vieran llegando con él. Entonces empezó a caminar detrás mío, a veces unos pasos, a veces media cuadra, para poder verme desde la vereda de enfrente, y yo, antes de cruzar la calle, miraba de reojo y me hacía la que me ataba los cordones para esperarlo. Había días que me dejaba en el instituto y se iba a recorrer las librerías de la calle Corrientes. ¡Tachame la doble!, decía si llegaba a conseguir uno usado que buscaba hacía tiempo. Gran lector, había hecho solo la primaria para después salir a laburar y me apuraba a terminar la escuela y la universidad porque quería estar vivo para verlo.

Una vez le regalé un libro para su cumpleaños. Dejalo en tu casa con los tuyos, pidió, así me entretengo cuando voy a visitarte y vos estás estudiando o haciendo otra cosa. A veces lo veía cansado y me ofrecía a leerle un rato. Él me escuchaba apoyado sobre el respaldo del sillón, con los ojos cerrados, parecía dormido.

Cuando volví de San Pedro llevé la causa en un sobre y la dejé en el modular. Él me preguntó si podía leerla, despacio, cuando yo no estaba.

Bajo del colectivo y veo a mi media hermana en la vereda respirando aire fresco. Me lleva más de quince años y tiene dos hijos casi de mi misma edad a los que poco conozco. Acá estamos las dos, juntas, o solas, porque mi papá supo ocuparse de nosotras pero no de sus hijos varones.

—No puede entrar más de un familiar a la vez, así que andá vos ahora.

Yo le dejo mi mochila y paso al área de internación; una enfermera me señala al fondo. Corro una cortina que cae pesada del techo y rodea la camilla, una silla y toda una cantidad de aparatos que los médicos tocan cada vez que vienen a revisarlo.

—Hola, papá —lo saludo y él levanta el brazo por el que entra un suero—. No hables si duele, no te esfuerces. —Le agarro la mano y me siento en la silla.

Usa su jean de siempre que ahora le queda grande, pero grande de verdad, no como cuando por la diabetes empezó a comer mejor. Transpira. Lo dejaron en camiseta. Pegada al cuerpo, deja ver sus costillas.

—¿Cómo te sentís?

—Bien, estoy bien —responde sin abrir los ojos.

Una lágrima muy chiquita corre desde su ojo izquierdo y se instala en lo más alto del pómulo.

—Papá, yo prefiero que no declares en el juicio oral, no quiero nada que te haga mal.

Cuando llega la enfermera lo ayudo a subir a la silla de ruedas y lo llevo por el pasillo hasta el cuarto de rayos.

—Belén, si no querés que lo haga por vos dejame hacerlo por mí.

Investigación

1

Cuando decidí hacer la denuncia, en el verano de 2014, trabajaba como redactora en un diario local. Me levantaba a las cinco de la mañana y en el viaje escuchaba la radio mientras leía los portales de noticias desde el celular: quería estar informada antes de que llegara el director.

Con el correr de los meses, entendí que las notas que escribía y leía se parecían mucho a lo que estaba viviendo y empecé a pensar que yo misma podía narrar mi propia historia. Como cuando de chica escribía mis enamoramientos, las peleas en mi familia, las anécdotas de la escuela y del pueblo.

2

Un día llegué a la redacción y busqué:

Q abuso

Q abuso • //
Acción de abusar.

Q abuso **infantil**

Q abuso **de poder**

Q abuso **de autoridad**

Q abuso **policial**

Q abuso **del derecho**

Q abuso **de autoridad policial**

Q abuso **significado**

Q abuso **del derecho código civil y comercial**

Q abuso **de armas**

Apreté enter.

Resultados de la Web

www.healthychildren.org
Abuso infantil: lo que todo padre y toda madre deben saber

www.argentina.gob.ar
Hablemos del abuso sexual infantil

es.wikipedia.org
Abuso sexual infantil - Wikipedia, la enciclopedia libre

¿Qué es el abuso sexual infantil?

El abuso sexual infantil **es un delito** que existe cuando:

- un adulto utiliza a un niño, niña o adolescente para estimularse sexualmente;
- un adulto estimula sexualmente a un niño, niña o adolescente; o
- un adulto utiliza a un niño, niña o adolescente para estimular sexualmente a otra persona.

Puede haber abuso sexual infantil aunque no haya acceso carnal.

Por lo general, los casos de abuso sexual infantil ocurren:

- en la familia, víctima de un familiar directo o alguien cercano;
- en la escuela;
- por grooming —a través de internet—.

¿Quiénes son los agresores?

75 %

de los casos
un familiar, de los que

40 %

de los casos
es el padre y

16 %

de los casos
es el padrastro.

3

Cómo denunciar abuso sexual en Argentina.
Enter.

4

Mi mamá consiguió un abogado. Yo busqué su nombre en internet. Averigüé su experiencia. Lo entrevisté. Busqué modelos de denuncia. Escribí una junto a mi terapeuta y se la llevé a mi abogado para que la firme.

5

En julio presenté la denuncia y en agosto renuncié a mi trabajo. El director me recomendó hacer una pasantía en el diario *El Mundo* y me fui a España. En Madrid, la editora de Internacionales me advirtió que no le hablara a menos de que sucediera algo importante. Volví a mi asiento a seguir leyendo cables de las agencias de noticias europeas. Horas más tarde tomaba coraje y le tocaba el hombro. Habían encontrado muerto de un tiro al fiscal argentino Alberto Nisman. Al día siguiente, mi mamá encargaba al kiosquero de su cuadra una edición del diario español en papel del 19 de enero de 2015.

Antes de irme, la editora me pidió disculpas, y paradas frente a la máquina de café, vimos en la pantalla plana la primera movilización del #NiUnaMenos en la que cientos de miles de mujeres se manifestaban contra los femicidios frente al Congreso de la Nación, en pleno centro de Buenos Aires.

6

En julio de 2015, ya de regreso, me llegó la citación para ratificar la denuncia. Mi abogado me tranquilizó: era un trámite sencillo, se trataba únicamente de decir que sí a todo lo que había denunciado anteriormente.

—Va a estar todo bien.

Estuve horas declarando ante una mujer que tipiaba frente a una computadora. Mi abogado revisaba sus eventos de Facebook sin intervenir y a mitad de la ratificación anunció que se tenía que ir.

Me quedé sentada cuatro horas más.

7

Organizaciones que acompañan a víctimas de violencia, comisarías de la mujer, juicio. Averiguaba.

Preguntas relacionadas

¿Cuál es la diferencia entre un juez y un fiscal?

¿Qué es un fiscal y un juez?

¿Cuál es la función de un fiscal en un juicio?

¿Quién tiene más poder que un juez?

Preguntas relacionadas

¿Qué pasa si un juez se declara incompetente?

¿Qué es la incompetencia de un juez?

¿Cuáles son las excepciones de incompetencia?

¿Qué determina la competencia de un juez?

Preguntas relacionadas

¿Qué es lo que hace un perito?

¿Quién puede ser un perito?

¿Qué es un perito en el proceso penal?

Cuál es la diferencia entre un abogado, un fiscal y un juez. De qué se encarga cada uno. Cuáles son las etapas de un proceso penal. Qué viene después de la etapa de investigación. Cuál es el promedio de duración de una causa por abuso sexual en Argentina. Cuáles son los porcentajes de condenas. Cuáles los de absolución. Qué significa que un juez se declara incompetente. Para qué sirve la pericia psicológica. Qué es un perito. Qué es un perito de parte. Qué son las partes. Quiénes pueden ser los testigos. Quiénes no pueden. Cuáles son las pruebas que se pueden presentar. Para qué sirve que me entreviste una asistente social. Qué es una perimetral. Qué implicancias tiene si el acusado es miembro de las fuerzas de seguridad. ¿Puede seguir portando un arma?

8

En *El adversario*, Emmanuel Carrère cuenta el paso a paso del juicio por jurado que condena a cadena perpetua a Jean-Claude Romand por matar a toda su familia.

El jurado absuelve a O. J. Simpson en 1995 por matar a su ex mujer y a un amigo de ella a puñaladas.

No encontré un juicio donde la víctima estuviera viva.

¿Cómo será estar ahí, siendo mirada, juzgada por doce personas que no me conocen?

¿Quién escribe mi historia?

¿Qué versión de mí los va a convencer de quién soy?

¿La de ACUSADO o la de VÍCTIMA?

¿La de Claudio o la mía?

Tío

La ruta y el pastizal. Los borcegos de cuero negro pisan el acelerador. Todo pasa fugaz y verde, verde y amarillo, fugaz. Sus manos están aferradas al volante. El arma, en la funda. El arma que al entrar en casa guarda en la cima del modular o en el primer cajón, o arriba de la mesa de luz antes de pedirme que desate sus cordones. En el pecho lleva una placa, en sus hombros las insignias y en el brazo un parche con un escudo bordado sobre la tela azul.

Hay una foto. Verano de 2009. Claudio es reconocido por su desempeño en la masacre de Ramallo ocurrida una década antes: un escándalo policial y político en el que resultaron muertos rehenes y asaltantes del Banco Nación de la ciudad y cuyo desenlace tuvo pendiente al país. En la foto estamos mi tía Jesús, mi prima Florencia, mi tío Claudio y yo, con 17 años, vestida de pantalón negro y remera gris, con el pelo castaño oscuro largo, quemada por el sol de ese verano que estaba por terminar. Él, azul, en su uniforme de gala: un pantalón oscuro, camisa blanca y zapatos negros acordonados. No sonríe.

Jesús abraza a Florencia y Florencia sostiene con sus manos la gorra de su papá.

Ahora, en la ruta 191, mano y contramano, los autos van y vienen rápido, pasan fugaces, fugaz el verde, el amarillo fugaz. Claudio pisa el acelerador. El barro cubre las suelas y los cordones desatados. Acelera a fondo: quiere pasar un auto aunque estamos en subida. Da igual. Se anima y pisa más el acelerador. Y avanza, intenta pasarlo. Yo no tengo puesto el cinturón y la camioneta avanza y acelera. El paisaje se vuelve difuso de tan rápido que vamos, los colores se mezclan. Una luz hace señas. Es un auto que viene de frente. No lo vio. Nosotros estamos en subida y el auto acelera. Claudio no frena. Claudio nunca frena. El auto se tira a la derecha y puede pasar y nosotros nos vamos a la banquina con la camioneta blanca, verde y azul de la policía.

Jurado

1

«El Congreso promoverá la reforma de la actual legislación en todos sus ramos, y el establecimiento del juicio por jurados». Artículo 24 de la Constitución Nacional Argentina de 1853. Los artículos 75, inciso 12, y 118 establecen que los juicios criminales deben ser juzgados por jurados populares, garantizando la participación ciudadana en la administración de la justicia.

El dolor se trepa a mis hombros.

2

Un proyecto de Ley Nacional de Juicios por Jurado fue presentado en 2016 ante la Cámara de Diputados: como perdió estado parlamentario, fue presentado nuevamente en 2019. El nuevo Código Procesal Penal Federal contempla la realización de juicios por jurado en el artículo 282 pero necesita, una vez más, de una ley específica para implementarlo.

Córdoba, Neuquén, Buenos Aires, Chaco, Río Negro, Mendoza y San Juan aprobaron una ley que regula este tipo de juicios.

El primer juicio por jurado de la provincia de Buenos Aires se celebró el 12 de marzo de 2015 en un Tribunal de San Martín, con la presencia del gobernador.

El primer veredicto fue «No culpable».

3

El funcionamiento del jurado depende de cada provincia. En Buenos Aires debe estar compuesto por 12 personas y 6 suplentes, mitad varones y mitad mujeres, mayores de 21 y menores de 75 años. Mi papá no podría ser jurado de ningún juicio.

Se sortean al azar 48 personas del padrón electoral del lugar donde radica la causa judicial. Como la causa radica en el Departamento Judicial de San Nicolás, el padrón seguramente incluye a los habitantes de San Nicolás, Ramallo, San Pedro, Baradero, Arrecifes y Capitán Sarmiento. Y a los pueblos y paradores de cada partido.

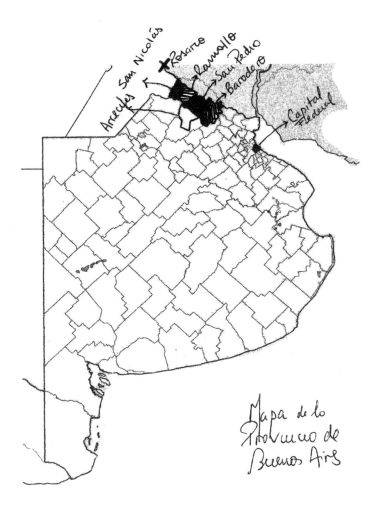

Dentro de San Pedro, por ejemplo, están Santa Lucía, Gobernador Castro y Pueblo Doyle, entre otros.

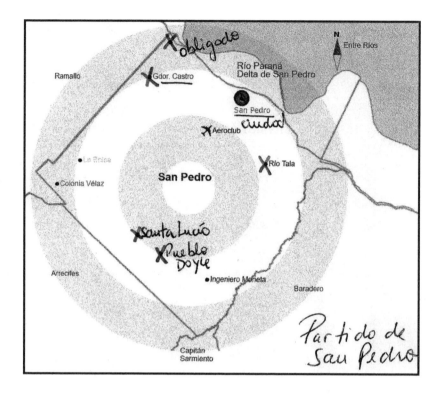

Abro una nueva pestaña. INDEC Santa Lucía: 2.360 habitantes.

Me duele la panza.

En Santa Lucía, ACUSADO nació y vivió toda su vida, ocupando cargos en la administración pública.

Debe ser la contractura.

La ley dice que el jurado no puede tener ningún tipo de vínculo con las partes, es decir, ni con la defensa ni con la fiscalía.

Hago círculos con los hombros, de adelante hacia atrás, los subo y los bajo, paciente, a ver si afloja el dolor. Necesito agua.

El mismo día del juicio se realiza la audiencia donde las partes tienen derecho a entrevistar al jurado sorteado y a recusar hasta cuatro jurados sin justificación; los demás, con pruebas.

¿Reconoceré a sus conocidos? Confío en mi memoria visual.

Una vez terminada la audiencia de selección, se vuelven a sortear los nombres del jurado para llegar a la composición final. Los jurados sorteados deberán presenciar toda la audiencia de juicio de principio a fin.

Luciana calcula que por la cantidad de testigos van a ser tres jornadas de juicio.

Voy a la cocina, me sirvo un vaso de agua, tomo un trago y vuelvo.

Para garantizar la imparcialidad, durante el juicio el jurado no puede leer los diarios ni ver la televisión; también tienen que entregar sus celulares. La comunicación con sus familias es a través del personal judicial.

—El juicio por jurado en San Nicolás va a ser muy distinto a los que muestran en los programas estadounidenses. Acá no hay presupuesto para mantener a los dieciocho jurados en un hotel, aislados, durante el juicio, mucho menos para darles de comer. De hecho, a veces no se llega a conseguir dieciocho ciudadanos. Muchos alegan enfermedad o cualquier otro motivo para ausentarse.

El dolor persiste.

El juez garantiza la movilidad del jurado desde sus casas al Tribunal, ida y vuelta, y un salario de 1.500 pesos por jornada —alrededor de 20 dólares—, que equivale a un día de sueldo promedio en Argentina. El jurado no queda exento del contacto con sus familiares y el acceso a los medios de comunicación.

La última nota que se publicó en San Nicolás sobre mi caso fue en 2018.

4

«Belén sufrió de múltiples problemas de salud, según el propio comisario, quien declaró en el expediente que "de chica tuvo que estar en tratamiento psiquiátrico, se quiso suicidar, bulimia, anorexia"».

5

La deliberación es secreta y se realiza en un recinto donde nadie debe ingresar. Ahí eligen un presidente y discuten la prueba hasta alcanzar una decisión final. Después de la deliberación, cada jurado debe responder de forma anónima en una boleta que luego del debate se prende fuego. El presidente del jurado anota en un papel el resultado final del veredicto que muestra primero al juez y luego lee al público en la audiencia. La declaración de culpabilidad o no culpabilidad se hace en nombre del pueblo.

El último párrafo de la ley es decisivo. Para que haya una condena, el jurado tiene que ser casi unánime: de los 12 se necesita que 10 lo declaren culpable, si no queda libre.

6

Anoto mis dudas en el cuaderno.

- *¿ Por qué ACUSADO solicitó jxj?*
- *¿ Es más conveniente para él? ¿O para mí?*
- *¿ Es por su influencia en la zona? → ACUSADO nació, vivió y ejerció como comisario durante más de 30 años.*
- *¿ Puede el juez garantizar la imparcialidad del jurado?*

Gugleo. Según el Poder Judicial de la Provincia de Buenos Aires, San Nicolás tuvo más absoluciones que condenas en los juicios por jurado desde sus comienzos en 2015.

Sigo. Busco los últimos juicios por jurado en casos de violaciones o abuso sexual. Encuentro dos casos. Los dos obtuvieron condenas, pero hay una gran diferencia: las víctimas que denunciaron y declararon delante del jurado eran menores de edad.

En Capital hay un grupo de trabajo especializado en juicios por jurado perteneciente al Instituto de Estudios Comparados en Ciencias Penales y Sociales (INECIP).

- *011 4372-0570*

Coordino una cita con el director, Andrés.
Quiero irme a dormir.

Acusación

1

Es abril aunque todavía no cayeron las hojas de los árboles. En el subte el aire escasea. Bajo en Tribunales y camino por Talcahuano hacia Avenida de Mayo. En uno de estos locales de música compré mi primera guitarra criolla con los dólares que me regalaron en la comunión. Mi papá me pidió lo que sobró de dinero: iba a cuidarlo. Nunca me lo devolvió.

2

Andrés me presenta a su colega, Aldana. Parece contrariado.

—Pensé que eras más grande… sos muy chica para llevar esto adelante.

—Cumplí 27 en febrero.

3

Andrés conoce a los jueces de San Nicolás.

Para él, el juicio por jurados me favorece: son ciudadanos comunes que tienen emocionalidad, yo con mi relato puedo convencerlos y es lo más importante, dice, porque en los casos de abuso casi nunca hay pruebas, los únicos testigos son el victimario y la víctima.

—No quiero presionarte pero el juicio depende exclusivamente de vos y tu testimonio. Sos escritora. Contale al jurado un cuento entretenido con un principio y un final, con lenguaje claro, que se entienda, para que ellos no se aburran.

4

—Conozco al estudio de abogados que representa al acusado y va a ser muy duro.

Se para y empieza a caminar como si yo estuviera en el estrado y él fuera el abogado defensor.

—¿Sabés qué estrategias van a usar contra vos, Belén? Van a decir que querías ser famosa, que escribiste ese libro por eso, ahora que este tema está de moda, que parece que la pasan bien, salen en la tele, ¿estás ganando plata con esto?

Me mira a los ojos, moviendo las manos mientras camina.

—¿Es verdad que andabas en bombacha por la casa? ¿Qué buscabas? ¿Seducir a tu tío? ¿Y las cartas que le escribías y que él pegaba en la heladera? Diciéndole que lo querías, que querías que te busque. ¿Qué pasó? ¿Te rechazó? Dicen que andabas con chicos desde los doce años...

Lo escucho atentamente.

—¿Y tu mamá?

Le respondo que mi mamá declaró, que es una de las principales testigos, y él entonces me dice que lo sabe, que sabe que es así, pero que tenga cuidado.

—Van a decir que el abuso es un invento tuyo y de tu vieja. Van a preguntarte, Belén, por ejemplo, ¿por qué tu mamá te abandonó en la casa de tus tíos? ¿Por qué no te llevó al ginecólogo? ¿Está tratada por un psiquiatra? Van a alegar demencia, van a cuestionar su credibilidad y entonces también la tuya.

Gregorio

Guardo la computadora en mi mochila y salgo a la calle. Los comercios de la avenida Santa Fe están repletos de gente. Todos quieren sus regalos de Navidad. Toco el timbre del departamento de planta baja sobre avenida Pueyrredón. Gregorio escucha, pero no responde, sale directo. Cuando me ve levanta los brazos, festeja nuestro encuentro. Me saluda y nos vamos.

En este mismo departamento atiende a sus pacientes. Uno detrás de otro, desde las nueve de la mañana hasta las nueve de la noche. Los llama por su diagnóstico: el neurótico, el bipolar, la esquizofrénica. A veces se queja, pero no quiere jubilarse: hace recetas y responde llamadas a cualquier hora, incluso los fines de semana.

Lleva unos jogging de entrecasa y una remera manga corta. Su buen estado físico se lo debe al karate. Es segundo dan, tiene prohibido usar su fuerza fuera del dojo: hace poco le robaron la mochila con la agenda y los números de los pacientes adentro. *Respetar a los demás*, repetía, *abstenerse de procederes violentos.*

Avanzamos por avenida Pueyrredón y doblamos en Paraguay. A la vuelta seguro va a entrar a la panadería y va a comprar una docena de medialunas para compartir con mi mamá.

Desde que están juntos, mamá pasa la mayoría del tiempo en su casa aunque todavía tiene su placar en Congreso. Al principio me costó adaptarme. Me molestaba que ella leyera libros de psiquiatría para tener temas de conversación con él, o que pusiera en el equipo de casa CD de música clásica. Yo pedía cumbia.

Gregorio toca el piano como si fuera un concertista. Los sábados ensaya con la orquesta —chelo, clarinete, violín y cantante— y a veces hace una función en la iglesia. A la noche mi mamá cocina y juntos cenan en una bandeja mirando alguna ópera en vivo en la televisión.

Cuando llegamos dice que este es un local de confianza, que seguro van a poder arreglar la computadora. Se ve que viene seguido porque lo saludan como si lo conocieran.

—Les presento a mi hija putativa.

Yo me río con vergüenza y saco la computadora de la mochila. El técnico la mira con cuidado. Van a intentar arreglarla. Si consiguen los repuestos, en unos días me llaman. Gregorio dice que lo anoten en su cuenta. Gracias, le digo.

Caminamos juntos unas cuadras y yo me freno en la parada del colectivo. Tengo que irme a trabajar. Gregorio espera al lado mío. Me pregunta si voy a pasar el 31 de diciembre con ellos, como el año pasado. Yo le digo que esta vez lo paso con amigas.

El colectivo está a una cuadra, justo lo paró el semáforo. Cuando miro a Gregorio para despedirme lo noto cabizbajo.

—Tengo miedo de haberme equivocado, haber hablado de más.

El colectivo se acerca. Saco la SUBE del bolsillo.

Fue Gregorio el que le dijo a mi mamá que Claudio no me miraba con ojos de tío, que Claudio me miraba con deseo.

Y fue Gregorio, también, quien días después de una cirugía viajó a declarar a San Pedro. Se tomó un micro en Retiro y a mitad de camino notó un sangrado entre sus piernas. Siguió, declaró y volvió.

—Vos me salvaste la vida.

Procuradora

1

Amigas, necesito alguien de confianza en San Nicolás que pueda ayudarme con la causa.

9.15

2

Hola Belén, ¿cómo estás? Mi nombre es Natalia y me llegó a través de whatsapp un audio (en teoría tuyo) contando que movieron la causa a San Nicolás, y que precisás una procuradora y un domicilio acá para las notificaciones, y quizás pueda ayudarte.

17:01

Mi amiga Amparo, que es psicóloga y vive en Rosario, a pocos kilómetros de San Nicolás, reenvió el mensaje a una colega de la zona que enseguida distribuyó el pedido entre sus contactos.

> Odio el calor y la vida al aire libre. Prof. en Historia. Estudiante de Derecho. Feminista.
>
> ⊚ La Plata, Argentina
>
> ⊘ Fecha de nacimiento 20 de noviembre
>
> ⊞ Se unió en diciembre de 2009

Vive en San Nicolás, pertenece a la multisectorial de mujeres de la ciudad e integra un grupo de asistencia primaria a víctimas de violencia. Leyó el libro, tiene tiempo, auto y ganas de ayudarme.

3

Con Luciana llamamos a Natalia por Skype. Nos cuenta que es mamá de dos hijos y que se mudó a San Nicolás por el trabajo de su marido.

—En las fiscalías entran cerca de 20 causas de abuso por mes y unas 200 por violencia. En general están capacitados y tienen buena voluntad, aunque a veces están tapados de laburo.

4

El martes 5 de marzo viajaríamos en micro a San Nicolás.

El Tribunal N.° 1 queda en el centro de la ciudad, frente a la plaza principal. En un escrito designaríamos nuevo patrocinio, revocaríamos el anterior, presentaríamos el poder, Luciana aceptaría su cargo, fijaríamos un nuevo domicilio para las cédulas y autorizaríamos a Natalia como procuradora, solicitando también una copia del documento entero.

A la salida del Tribunal nos reuniríamos con Nadia, una periodista de San Pedro, para ver cómo es la cobertura de los casos de abuso sexual en la zona y cuál es la reacción de la opinión pública.

Iríamos a la terminal y volveríamos a Capital en micro.

5

Cuando cortamos con Natalia, Luciana me propone reunir a un equipo de confianza, con profesionales de distintas disciplinas, para trabajar de cara al juicio.

Armamos una lista con posibles nombres.

- *Paula → Periodista.*
- *Carolina → Comunicadora.*

—Perfecto. Ellas dos pueden trabajar coordinadas con Nadia desde San Pedro.

Las tres conformarían el equipo de comunicación y prensa.

Luciana dice que hay que conformar también un equipo jurídico. Seguimos pensando nombres:

- *Ileana → Abogada.*
- *Julieta → Abogada.*
- *Natalia M. → Abogada.*

—Las tres trabajarían en conjunto con la procuradora desde San Nicolás.

En pocos minutos acordamos la primera reunión.

- *Viernes 22/2 a las 18 h - oficina de Luciana.*

Comisión de trabajo

1

Luciana agradece que estemos hoy reunidas las siete.

—Es fundamental que tengamos múltiples puntos de vista sobre un mismo tema.

Presenta a los equipos. Plantea los objetivos de la comisión, hace un repaso de la causa judicial y va directo al grano.

—Hablemos de los procedimientos *voir dire*.

Levanto la mano.

—Es el momento en que las partes entrevistan a los 48 jurados que fueron sorteados por el padrón.

2

—Podríamos empezar por armar una lista con posibles preguntas, pensando qué nos interesa saber de cada jurado, qué preguntas pueden develarnos su perfil para luego decidir cuál es conveniente recusar y cuál no.

Luciana habla pausado y con un lenguaje sencillo para que entendamos.

—Si entre el jurado descubrimos a una mujer feminista, ellos la van a querer recusar. Tenemos que ver cómo hacer para conocer su ideología sin develarla por completo.

3

JULIETA, ABOGADA: —La tendencia de los acusados es elegir juicio por jurado. La mayoría de los abogados defensores creen que cada vez más jueces se están capacitando en perspectiva de género y prefieren apostar al criterio de la «gente común».

Mencionan los antecedentes de los juicios por jurado en la provincia de Buenos Aires, particularmente de San Nicolás, y qué dicen las estadísticas sobre las sentencias.

NATALIA M., ABOGADA: —En la mayoría de los juicios por abuso se declara culpable al acusado.

ILEANA, ABOGADA: —Sí, pero el porcentaje de condenas aumenta cuando las víctimas aún son menores de edad en el debate oral.

4

Luciana ahora se dirige a Paula y Carolina, el equipo de comunicación. Les asigna una tarea: relevar y conocer los medios locales y sus opiniones.

LUCIANA, ABOGADA QUERELLANTE: —Tenemos que saber cuáles son sus referentes, los más escuchados, los más vistos y los más leídos, cuáles medios tienen perspectiva de género y cuáles no. Investiguen cómo cubrieron el caso Thelma Fardin y los casos locales de abuso sexual o violación. Los comentarios que escribieron los ciudadanos en las notas publicadas en los medios web, a ver si entendemos el sentido común del lugar.

PAULA, PERIODISTA: —Entiendo que saber cuál es el sentido común del lugar es lo que nos va a orientar para saber cuál es el sentido común del jurado, ¿no?

5

LUCIANA: —¿Cuáles son los prejuicios y desconocimientos más comunes?

Yo anoto en mi libreta.

- *No es violación si no hay penetración con pija.*
- *Si denuncia después de muchos años → Interés económico/venganza.*
- *+ empatía con niñas y - con mujeres adultas.*

- *Juicios por abuso → Palabra de la víctima contra el acusado → No existen otras pruebas.*

6

Luego del proceso de selección, hay un momento de instrucción del juez al jurado.

LUCIANA: —Es una guía, una pauta de orientación sobre las funciones del juez y del jurado, los principios procesales que deben respetarse, la mecánica general del juicio, los delitos juzgados, las reglas de valoración de la prueba, el principio de inocencia, las reglas que rigen la deliberación y los requisitos necesarios para que pueda arribarse a un veredicto. También sobre el comportamiento que debe asumir el jurado. Por ejemplo: no pueden consultar fuentes de información externa durante el juicio.

7

CAROLINA, COMUNICADORA: —¿Tenemos que prepararnos para una posible cobertura del caso en los medios?

LUCIANA: —Por el momento no vamos a hacer público el caso, pero tengamos todo preparado por si lo necesitamos.

Expediente

1

> Hola Lu, perdón por la hora.
> Estoy en la guardia.
> Tengo faringitis, gastroenteritis, y no sé qué más.
> El médico dijo que mañana me voy a sentir mejor.
> Yo espero lo mismo.
> Te mantengo al tanto.
> Beso grande.
> 4:47

Faltan doce horas para embarcar en el micro en Retiro con destino al Parador de San Nicolás.

Al llegar a casa tomo los medicamentos, me saco el maquillaje y me acuesto en la cama. Pongo una alarma a las nueve de la mañana.

2

La última semana compré dos pasajes de ida y vuelta, reservé en el Hotel Río de San Nicolás, saqué turno en la escribanía de la ciudad, visité dos veces a mi psicólogo, releí el expediente, coordiné con Natalia para que nos busque a las 20.30 por el Parador, preparé la mochila con mis documentos, el dinero y *Apegos feroces* de Vivian Gornick para leer en el viaje.

3

> Amanecí con fiebre.
> No voy a poder viajar.
> 11:17

Suena el teléfono.

—Quedate tranquila, era algo que podía pasar.

La escucho y no respondo. Yo no lo tenía previsto.

—Es muy común en estos casos, por eso es importante el poder. Con el poder hubiera podido viajar igual.

Trato de hablar. Me raspa la garganta.

—¿Y ahora qué hacemos?

—Descansá y recuperate. Me voy una semana de vacaciones. A la vuelta seguimos.

4

Estoy una semana en reposo. Tres días sin hablar, dos días sin comer, con la fiebre que sube y baja de golpe, el sueño va y viene. El viernes se celebra el Día Internacional de la Mujer y veo la marcha por televisión. Escribo una nota desde la cama sobre lo importante que es volver a la plaza cada 8 de marzo.

5

De regreso en Buenos Aires, Luciana recibe una notificación electrónica: el Tribunal convoca a una nueva audiencia.

6

Nos autorizan a ver el expediente.

Luciana tenía razón. Son en total tres cuerpos.

Empiezo a leer. Leo. Sigo leyendo. En el final, una última aparición de DEFENSOR, que solicita agregar ocho nuevos testigos, fotos de mi infancia y tres cartas que le escribí a ACUSADO cuando pasaba los veranos en Santa Lucía.

7

Hola, David, ¿puedo llamarte?
18.30

Es la primera vez en dos años que le escribo para hablar fuera de nuestro horario de terapia.

—¿Te puedo leer?

—Sí, dale.

—FISCAL le pregunta si está dispuesto a declarar y ACUSADO responde que sí. Dice que denuncié por resentimiento y venganza, que nunca pasé los veranos en su domicilio, que mi mamá tuvo varios intentos de suicidio, que ataqué con un cuchillo a mi ex novio.

Silencio.

—David, ¿escuchaste lo que declaró?

—Sí, Belén.

—Luciana me dijo que el imputado es el único que tiene el derecho de no jurar decir la verdad y nada más que la verdad.

David tarda en contestar.

—¿Dónde estás?

—En un bar. Estoy cansada, David.

Lloro.

—Y falta algo más, entre los testigos que DEFENSOR pidió agregar está Franco. Nunca te hablé de Franco, fue un novio de la adolescencia, salimos un par de meses. ¿Para qué va a declarar? ¿Qué tiene que decir sobre mí? No entiendo, David.

8

Menos de 24 horas antes, la audiencia se suspende por cuarta vez en seis meses. La segunda vez que pierdo los pasajes.

Luciana le pide que la próxima nos avise con tiempo, que la víctima vive a más de 200 kilómetros de distancia.

Hechos

1

El Tribunal convoca a una nueva audiencia el 8 de mayo a las 10 de la mañana.

A Luciana le toca la parte más ardua: aprender los nombres de los testigos, los hechos y las pruebas, dar cuenta de los puntos más fuertes y débiles de la causa, revisar la estrategia de DEFENSOR y pensar una nueva propuesta para la audiencia.

2

—Cuando yo mencione la palabra *hecho* me voy a referir a los momentos en los que ACUSADO te agredió físicamente, ¿está bien?

3

«Cuando desperté, asustada, por la madrugada, me di cuenta que él estaba detrás de mí y que sus manos estaban tocando mi vagina. Sin haber perdido la virginidad aún, recuerdo el intenso dolor que sentí».

—¿A qué te referís ahí?

—A que no había cogido hasta ese momento. Tenía 12 o 13 años.

—Con los dedos también puede ser penetración, ya sea en boca, vagina o ano.

—Igual. Nada hasta ese día.

Luciana escucha el audio y vuelve a grabar.

—En la denuncia referís que este primer hecho se repitió con el mismo *modus operandi* de noche, sin mirarte, con los dedos, y decís: *«unas diez veces durante mi adolescencia».* ¿Te referís a ese verano?

Hago una pausa. Apago la hornalla y dejo que el agua se asiente.

—Estoy tratando de precisar los hechos lo más posible, Belén, porque eso le va a servir mucho al jurado. Hagamos hasta donde se pueda. Si la respuesta es no, no hay problema. Si te acordás más cosas, mejor.

Preparo el mate y me siento en el balcón de mi casa.

—Tengo en claro cuatro situaciones de abuso. Tres en su casa de Santa Lucía y una, la última, en mi casa de Capital, con 16 o 17 años. Las recuerdo porque algo hice, de alguna manera reaccioné. Supongo que son alrededor de diez, porque sé que se repitieron, tengo las imágenes, pero no recuerdo cuándo ni dónde.

—Entiendo que todos estos episodios que mencionás son en distintos años. Ahora voy a ubicar los hechos. Te pregunto: ¿Recordás cuándo estaba presente el arma? ¿Si era verano o invierno?

—El arma era una constante, estaba siempre presente como su uniforme y su camioneta de policía. ACUSADO guardaba el arma en el modular del comedor y a veces lo dejaba sobre la mesa de luz.

Hace frío.

—Todos los episodios los recuerdo con ropa o pijamas de verano, por eso asumo que fueron en verano. Y digo que tenía 12 o 13 y 16 o 17 porque cumplo años en febrero.

4

5

—Belén, ¿vos cumpliste 13 años en febrero de 2005?

—Sí.

—¿Y desde qué mes estuviste en Santa Lucía ese año? ¿Desde diciembre de 2004?

—Sí.

—El certificado de la ginecóloga pediatra que menciona el desgarro vaginal es del 13 de marzo de 2005. ¿Vos tenías 13 recién cumplidos?

—Sí.

—Tu mamá declara que en 2005 llamó a tu pediatra de cabecera por los dolores fuertes que vos tenías en la zona genital y pélvica, y que ella te derivó con la ginecóloga. Y que la ginecóloga constató una lesión en el perineo y te preguntó si habías tenido relaciones sexuales y vos respondiste que no, ¿es correcto?

—Sí.

—¿Estás en contacto con tu pediatra de cabecera? Porque si recuerda el llamado de tu mamá sería importante sumarla como testigo.

—Ya me pongo en contacto.

6

—El segundo hecho, cuando fuiste a dormir al comedor, ¿fue en 2005? Si no sabés, decime no sé.

—No sé.

—El tercer hecho decís que fue por la tarde, cuando dormías la siesta. No me queda claro si hubo penetración con los dedos o no.

—Sí.

—¿En los cuatro episodios hubo penetración con los dedos?

—En los primeros tres. En el cuarto hubo masturbación y tentativa de penetración.

—Perfecto. Lo más probable es que alrededor de estos cuatro hechos, antes o después, estén estas escenas que te resultan confusas, porque además él se aprovechaba de un momento donde vos estabas descansando, durmiendo. ¿Te parece correcto decirlo de ese modo?

Defensa II

1

> ¿Qué quisieras entender?

> Toda esta situación que está pasando ahora y que implica a gente que quiero mucho.
> Ya sea que elijas tomar un café conmigo o no, te pido que quede entre nosotros porque Florencia no me habla nunca más si se entera.

Después de muchos años, Franco me contactó por Facebook. Me invitó a tomar un café, quería entender un par de cosas, necesitaba verme a los ojos para saber si estaba diciendo o no la verdad. Le respondí que no tenía que demostrarle nada a nadie.

Siguió:

> Sería incapaz de atacar a ninguna mujer que diga que pasó lo que vos, Belén.
> Sé que tal vez no fui el mejor de los hombres en esa época y no estoy orgulloso de las muchas pendejadas que hice, pero era eso, un pendejo, hoy soy un hombre.

2

—Enviame al mail una copia de los mensajes de Franco junto a su usuario de Facebook y la fecha y la hora de la conversación. ¿En qué años saliste con él?

—Salimos un par de meses en 2006.

—¿Tenías 14, entonces, cuando empezaste a salir con él?

Agarro el disco externo de mi escritorio y lo conecto a la computadora.

Encuentro una foto. Los dos en la plaza de Santa Lucía. Él me abraza. Yo cierro los ojos.

—Sí, empezamos a salir en el verano de 2006 y terminamos pasado el invierno.

—Trato de imaginar para qué van a presentar su testimonio. Se me ocurre que van a decir que el desgarro vaginal no lo causó ACUSADO, que vos tenías relaciones sexuales con penetración con Franco en la misma época y que no es cien por ciento seguro que la lesión la haya causado el acusado.

3

—La defensa propone sumar como prueba tres cartas que le escribiste a ACUSADO de chica. ¿Recordás qué decían?

—Cada vez que volvía a Capital, en marzo, les dejaba una carta y les agradecía por cuidarme ese verano.

Hago una pausa.

—Pueden servirnos, ¿no? Demuestran que pasé los veranos en su casa.

Querella

1

Luciana me pregunta si quiero incluir en esta segunda etapa algunas fotos con ACUSADO.

—Las fotos están buenas para caracterizarte a vos y a él en cada año, para que el jurado pueda darse una idea de esta secuencia y reiteración y aprovechamiento que vos misma delineás muy bien en la denuncia.

2

—La pediatra respondió mis mensajes. Se acuerda de mí y está dispuesta a declarar.

—¡Buenísimo! La pediatra también va a poder explicar qué significa una lesión perineal o un desgarro vaginal. Cuáles son los motivos.

3

—¿Pensaste en la posibilidad de sumar testigos expertos?

—¿Qué son los testigos expertos?

—El testigo común declara de acuerdo a lo que ven o perciben sus sentidos, mientras que los expertos declaran en base a las conclusiones que sacan aplicando las reglas de su arte o ciencia. Pueden ser expertos en distintas cosas: psicología, sociología, antropología…

—Claro.

—Por ejemplo: si nosotras vemos un choque y nos llaman a declarar, vamos a relatar lo que vimos: que un auto rojo chocó al azul; pero si llaman a una testigo experta en física, ella va, a partir de las conclusiones que puede deducir, si tendría que haber frenado o no de acuerdo a la velocidad y la masa del auto.

Ella dice que piensa proponer una testigo experta en psicología, para que hable, por ejemplo, de por qué las víctimas tardan tantos años en denunciar.

—En este caso, la testigo experta en psicología hablaría en general de lo que sucede comúnmente con las víctimas de abuso sexual, mientras que tu psicóloga que es testigo común hablaría de tu caso en particular, hablaría exclusivamente de las consecuencias que el abuso sexual tuvo en vos.

—Entiendo.

—La experta en psicología también puede hablar de tu mecanismo con la escritura, de tu necesidad de escribir para procesar situaciones traumáticas.

Hago silencio.

—Y vos, cuando estés en el estrado, vas a tener que decir que sabés diferenciar: que una cosa es la realidad y otra cosa es lo que se escribe en los libros.

Libro

1

La puerta de Cochabamba se abre y Gabriela aparece. Pelo corto casi al ras, jeans desgastados y un collar que ajusta su cuello. Intenta sujetar las correas de sus perros pero no lo logra. Pierri apoya sus dos patas marrones sobre mi pecho y caigo al suelo. El negro, Yuyo, aprovecha y come de un mordisco la banana que acabo de comprar en la verdulería.

Dice que me siente en el balcón a escribir. Que escriba algo que recuerde del camino de mi casa al taller. Una imagen. Prepara un té y lo trae al balcón. Delante de mí un ventanal de vidrio que da a la Autopista 25 de Mayo. Los autos pasan a toda velocidad. A mi derecha Carolina permanece en silencio. Rompo el hielo y le pido una lapicera. También es su primera vez.

2

Un remís toca el timbre de mi casa. Es de madrugada. Valeria y yo subimos al auto. Mi abrigo es un pullover azul que todavía guardo de nuestras épocas de colegio.

A las ocho de la mañana bajamos en la fiscalía de San Pedro. Jorge pide que firme unos documentos y responda unas preguntas que completan mi declaración. Me desea suerte en la pericia. Dice que es importante.

A las nueve una perito me entrevista en San Nicolás. Valeria me espera sentada afuera en un banco de madera. No la dejaron pasar. La perito vuelve a interrogarme sobre los hechos, por segunda vez en el día, la quinta desde el inicio de la causa. Pregunta las consecuencias en la mente y en el cuerpo, la dinámica familiar. Me muestra imágenes, digo qué veo y dibujo en un papel lo que ella señala.

3

Recibo un mail de Gabriela. El asunto: convocatoria. Leo el contenido. Las Abuelas de Plaza de Mayo convocan a autores no editados para un proyecto de libro de cuentos destinado a chicos y jóvenes. La consigna: el derecho a la identidad.

4

Se cumplen dos años desde que escribí la denuncia.

5

Me siento frente a la computadora. Recuerdo la palabra: identidad.

Empiezo a escribir. Escribo una escena. Una imagen: la última, en este mismo departamento. Escribo a Claudio entrando por la puerta uniformado. Escribo que en esta misma habitación, donde ahora estoy sentada, él se desvistió y luego fue al baño y abrió la canilla de la ducha. Escribo su entrada a mi cuarto. El bóxer. Los masajes. El golpe. La masturbación. El sonido del timbre que tocó mi papá.

Me detengo. Necesito salir al balcón. Estoy transpirando. Siento cómo los latidos se aceleran. ¿Qué hice? Tengo miedo. ¿Para qué escribir esto? Una parte de mí siente alivio. Mis hombros se distienden. Quiero seguir escribiendo. ¿Por qué ahora? Vuelvo a la computadora. Abro el archivo. No hay caso. Ya no puedo escribir en primera persona. ¿Qué es la memoria? Hay voces que hablan adentro mío. Hablan a través de mí. ¿Qué dicen? No paran. Las escucho. Las escribo. Escribo una voz. Y otra. Y otra. Algo se despierta. Yo lo desperté y no puedo pararlo. Sigo. Subo el volumen a ese coro de cámara que retumba en mi cabeza. Distingo cada voz y la dejo hablar. Escucho a mi mamá, a mi tía, a Claudio.

Al fiscal, la perito, el abogado. ¿Y el cuerpo? Mis dedos aprietan las teclas. Se mueven solos. Pasan de página y yo cambio la voz como si cambiara de dial. ¿Dónde está mi voz? Pienso en los diez años de silencio.

6

Carolina lee primera. Hay otros compañeros en la sala. Cuando llega mi turno saco las hojas de la mochila. Reparto un juego para cada uno. Mis manos tiemblan. Tomo aire. No explico. Empiezo. Leo todas las voces juntas y cuando termino siento cómo mi cuerpo ahora liviano se desploma en el sillón. No hacen preguntas. No importan los hechos. Gabriela me mira con las hojas en sus manos.

—Dejá todo lo que estés haciendo y escribí esta historia.

7

Envío los textos a la convocatoria. Responden que el lenguaje es muy fuerte para ser leído por niños.

8

Paso todos los días escribiendo. En la computadora de mi casa, en un cuaderno en el colectivo, en una servilleta de un bar. Cada vez que aparece una voz, esté donde esté, la dejo decir. No interfiero. Ni juzgo.

En tres meses escribo más de cincuenta voces.

9

Participo de una maratón de lectura con motivo del #NiUnaMenos en la Feria del Libro de Buenos Aires. Subo al escenario, digo mi nombre y leo en voz alta algunos fragmentos del texto. El silencio retumba en la sala. Cuando termino alzo la vista y veo sus caras. Mi mamá, mi papá y mi hermano están sentados en la platea. Mi mamá llora. Yo, por primera vez, me siento fuerte.

10

Gabriela me espera en la puerta del edificio. Un tapado cubre su cuerpo hasta las rodillas. A mí me pesa el expediente que cargo en la mochila. Entramos. Es la Defensoría LGBT de la Ciudad de Buenos Aires. Gabriela coordinó la cita. Nos atienden. Leen la causa. Quieren ayudarme pero no pueden: no tienen jurisdicción en Provincia.

—Tranquila, vamos a seguir buscando.

11

Un periodista que estuvo presente en la Feria quiere entrevistarme en su programa de radio. Pide que vuelva a leer las voces.

En vivo, confirmo que es mi historia.

Días después, el audio se viraliza en Santa Lucía.

12

Mis manos sostienen la bandera del #NiUnaMenos en la manifestación del 3 de junio de 2017.

13

Desparramo las hojas en el suelo. Son más de doscientas. Parecen piezas desordenadas de un rompecabezas. Paso horas frente a ellas. Las leo, las muevo, las observo. Las voces que parecían aisladas ahora cobran forma. Cuentan una historia.

14

Viajo a San Pedro con Gabriela y Carolina. Yuyo, Pierri y ahora también Roja me acompañan en el asiento de atrás.

Jorge nos atiende en la fiscalía. Solicito una copia del expediente judicial.

15

Leo fragmentos del expediente en el taller. Considero sumarlos al libro.

16

Editorial Madreselva escucha la entrevista y se interesa en publicar el libro.

17

En abril de 2018 presento el libro *Por qué volvías cada verano* en un bar de Balvanera. Mi mamá y Gregorio se sientan en una mesa. Mi papá y mi hermano en otra. El coro se materializa: un grupo de amigas y amigos leen las voces del libro. Vienen más de doscientas personas.

18

Dos meses después, la causa se eleva a juicio oral.

19

Desde la publicación del libro, me levanto cada día con el mensaje de una mujer. Todas ellas tienen algo en común: quieren contar su historia.

Expedición

1

Suena mi celular. Es Luciana.

—¿Cómo venís para mañana?

—Bien, estoy bien.

Su llamada llega un rato antes de la hora de cenar. Ya me bañé y tengo toda la ropa preparada para mañana, doblada sobre el sillón del comedor, al lado de la mochila que también está cerrada y lista para salir.

Esta vez organicé todo a último momento para no frustrarme si volvían a suspender la audiencia.

—Pensalo como una expedición, imaginate que somos el Apolo XI, que venimos de otro planeta y vamos a desembarcar en la corpo judicial de San Nicolás. Vamos a hacer un reconocimiento de terreno, a ensayar cómo va a ser todo para el juicio oral. Es como una prueba para ver si pueden garantizar tu seguridad, si pueden hacer que ACUSADO presencie la audiencia desde otro lugar, qué sé yo, en un cuarto aparte viendo la transmisión en vivo, no sé.

¡Ojo! Tampoco es que vamos de paseo, eh, te aviso de antemano que va a haber momentos duros donde parece que todo se va a la mierda, que la audiencia se disuelve, te pido que no te asustes, el mundo penal es así, es un porongueo. Esa es la mecánica, cada cual juega su juego y hay pujas y tironeos, es como una guerra fría donde cada uno hace sus movimientos midiendo al otro, por eso tenemos que ser cautas, saber hasta dónde ir, cuándo ser conciliadoras y cuándo ir al choque, eso dejámelo a mí.

—Entiendo. Llevo mi traje espacial.

2

—¿Creés que va a llevar armas?

—Creo que no, sería poco inteligente de su parte.

—Voy a pedirle a JUEZ que lo revisen antes de entrar.

No puede ser que dé lo mismo que el chabón sea de la fuerza o no.

—¿Y creés que va a ir en silla de ruedas?

—No sé, pero todo es posible.

En los últimos años ACUSADO tuvo un deterioro físico importante. Después del infarto le colocaron varios stent y pasó por una operación de cadera que lo dejó en silla de ruedas varios meses.

—Mamá dice que ahora anda con muletas.

3

De qué me voy a disfrazar cuando ya no pueda decir que estoy mal, que es la causa, y mis amigas me pregunten cómo estoy; qué voy a decir cada vez que quiera justificar un abandono o una tristeza, un capricho; qué voy a inventar ahora cuando no quiera coger, recibir besos o abrazos; cuando no quiera levantarme de la cama y ya no tenga que ir a declarar, ¿qué voy a decir? Qué voy a decir cuando me pregunten qué te pasa, cuando me digan ¿qué hiciste de tu vida? No sé, qué sé yo, yo estudié, escribí, trabajé, y nada, eso, o también la causa, sí, también denuncié a mi abusador, al macho comisario de la familia y del pueblo y otra vez lo mismo, otra vez ser la más poronga, otra vez empezar de cero, y ahora delante mío no hay más que cielo celeste y pasto verde para ir y andar y yo que no sé qué hacer con todo eso, con esa inmensidad y tengo miedo y mejor no, mejor me quedo acá.

Audiencia

1

Me detengo unos minutos a mirar el río. El Paraná es oscuro y calmo. Sus aguas mecen las hojas de los camalotes hacia un lado y hacia el otro de la orilla. Las copas de los árboles acompasan sus movimientos. Lleno mis pulmones de ese aire. Siento la fuerza del agua. Dejo que la brisa golpee de lleno contra mi cara.

> La audiencia se suspende por dos horas, arranca a las 12, pero venite igual así conocés a SECRETARIO.
> 9:39

2

LUCIANA: —Acá llegó Virginia Belén López Peiró, te la presento.

Luciana me espera con SECRETARIO y Natalia en uno de los pasillos.

—SECRETARIO no puede garantizar que no lo veas a ACUSADO: JUEZ no hizo lugar a mi pedido. No hay estructura para que ACUSADO siga la audiencia desde otra habitación.

SECRETARIO: —Es que VIRGINIA ya es mayor de edad.

LUCIANA: —¡Y eso qué tiene que ver! Hay leyes nacionales e internacionales que nos amparan, pienso yo, ¿no? ¿Qué van a decir los medios cuando se enteren de que los Tribunales de San Nicolás no pueden acompañar a las mujeres que denuncian violencia de género?

SECRETARIO no responde.

LUCIANA: —Acá está Paula también, te la presento, ella es jefa de prensa de la comisión Justicia por Belén que se creó en Buenos Aires.

PAULA: —Si estás de acuerdo después te hago una entrevista, ¿te parece?

LUCIANA: —Belén quiere estar en la audiencia, ¿o no, Belén? Vino hasta acá porque es su derecho, viajó más de 200 kilómetros para estar presente, entonces ¿qué vamos a hacer?

SECRETARIO: —Voy a consultar a Vuestra Señoría a ver si puede recibir a VIRGINIA.

Se retira y avanza detrás de un mostrador.

LUCIANA: —¡Esperá! —lo llama antes de perderlo de vista—. Una cosa más: ¿Lo van a revisar a ACUSADO antes de entrar a la audiencia? Para garantizarnos que no esté armado, ¿usted sabe lo peligroso que es? Vamos a pedir que se le suspenda la licencia mientras esté siendo juzgado.

SECRETARIO entra en jaque. Que no, que se está extralimitando, que el acusado todavía no está condenado, que existe la presunción de inocencia.

BELÉN: —Quiero ir al baño. Siento ganas de vomitar.

3

Giro la cabeza a mi izquierda y lo veo.

Lleva un pantalón de jean, una camisa blanca y una campera negra, los brazos apoyados sobre unas muletas de madera. Canoso, la piel gastada, arrugas.

Me está mirando.

Nos vemos.

En sus ojos me veo.

—¡Está ahí! ¡Está ahí! ¡Está ahí!

Corro por los pasillos del Tribunal y cuando ya no puedo respirar me siento en un banco. Me ahogo.

4

LUCIANA: —ACUSADO se fue a su casa, no va a presenciar la audiencia. Solo va a estar DEFENSOR.

Entramos. La sala parece un teatro. Pesadas cortinas de terciopelo cubren las paredes. El estrado, imponente. Sillones de madera trabajada, tapizados de cuero con el escudo estampado en el respaldo altísimo. Banderas argentinas que enmarcan el recinto. Un espacio para la querella y el fiscal, otro para la defensa. Las gradas para el jurado.

SECRETARIO se para detrás de un estrado. A sus espaldas hay una cruz. Anuncia el ingreso de JUEZ.

5

Cuando termina la audiencia, JUEZ se retira y SECRETARIO entrega una hoja con el resumen para que las partes lo firmen.

Quiero volver a casa.

A la sombra de las copas de los árboles

A veces le pido a San Expedito que no choquemos nunca. Sin que se den cuenta saco la estampita de la mochila y muevo la mano como dibujando una cruz en el aire, le doy un pico al dedo gordo y digo *Amén*. *Amén*, repito en voz baja y vuelvo a guardar la estampita.

Mi hermano duerme apoyando su cabeza sobre mis piernas. Tiene el pelo lacio, largo. Las chicas en el pueblo lo miran, pero no da bola. En verano juegan al carnaval en la puerta de mi casa.

Yo miro la nuca de papá. La superficie de su cabeza al descubierto, los lunares que se convierten en cascaritas cuando le da mucho el sol. No por casualidad estoy sentada del lado izquierdo, detrás de él. Pienso que puedo protegerlo sentada a sus espaldas. Trabo su puerta, cuido que esté atento, que no se queme con el mate, que el palo de amasar siga quieto en el piso: lo guarda justo al lado del freno de mano por si nos asaltan.

No quiero moverme ni hacer ruido. En voz baja pregunto cuánto falta, les digo que me hago pis. No me contestan.

Después del segundo peaje la señal se pierde y la radio empieza a hacer un ruido molesto, y mi mamá la apaga. Su celular tampoco funciona bien en el pueblo. Se lo dieron hace unas semanas en el trabajo y ahora la llaman a cualquier hora, incluso cuando estamos durmiendo. Ojalá lo olvide en el auto.

Bajamos de la ruta 9 y empalmamos con la 191, que une San Pedro con Santa Lucía. Ya no quedan más estaciones de servicio. Aguanto.

El auto se empieza a mover. Papá trata de esquivar los pozos que aparecen a un lado y otro de la ruta: un tanque de gas ocupa la mitad del baúl y roza el suelo. Maneja cada vez más lento, como si no quisiera llegar. Yo recuerdo que acá cerca hay una curva y que a esa curva le llaman *la curva de la muerte*. Mi hermano se incorpora despacio. Mamá tira la yerba en una bolsa y guarda el mate.

Mamá quiere bajar directo en la pileta. Hace mucho calor. Dice que en la cantina podemos almorzar y luego darnos un chapuzón. Insiste: la tía Jesús ya está ahí. Nos está esperando. Papá quiere ir a casa, dormir su siesta. Está cansado. Pelean. Lo acusa de aburrido: para qué venís. Él culpa a la familia de mamá.

***

Estaciono mi bici al fondo para que nadie la choque, a la sombra de las copas de los árboles, sobre los alambres de púas que cercan el terreno. Una señora sentada en una mesa de cerámica controla que el carnet y la revisación médica estén al día.

Cuelgo la toalla a lunares sobre una de las barandas de la pileta. Agarro del bolso mi gorra de baño, dejo las antiparras adentro. Guardo el vestido y me tiro, rápido, para que no me vean. Mi malla es azul marino con volados blancos.

Mi prima Florencia y sus amigos hablan con el bañero. Un hombre bronceado con lentes oscuros y canas en el pecho. Están sentados al borde de la pileta. Yo me sumerjo enseguida y nado hacia lo hondo. El bañero no me dice nada. Mi mamá le avisó antes de irse: tomé clases de natación en Capital. Ahora me cuida mi tía Jesús. En un rato, cuando salga del banco, va a venir y se va a acostar en las reposeras a tomar sol. A ella no le gusta el agua.

Un vecino me saluda desde la zona playa. Me acerco y lo invito a lo hondo. Acepta ir sujetado a la cadena, todavía no sabe nadar. Es apenas más chico que yo. Yo lo sigo, floto a su lado, mis piernas se mueven como las de una rana debajo del agua. Lo aliento, está contento.

Cuando llegamos a la curva más profunda algo sucede. Su cara se transforma. Tiene miedo. Quedate tranquilo, le digo, yo estoy acá. De un empujón se suelta de la cadena y se trepa sobre mis hombros. Sube todo su peso sobre mí y yo me hundo. Con sus manos tapa mis ojos y mi nariz. Como puedo trato de levantar la cabeza y respirar una bocanada de aire, pero trago agua. Saboreo el cloro. Intento ir hacia el fondo para impulsarme con mis piernas y salir de nuevo a la superficie. No llego. No veo el piso. Con los brazos intento correrlo pero permanece aferrado a mí. Tiene más fuerza que yo. ¿Por qué nadie nos ve? El borde está muy lejos. Mi mamá también. Ahora el agua entra por mi nariz. Él se desespera y empieza a patalear. Golpea mi cabeza. Pierdo noción del tiempo. Mi cuerpo se deja llevar. Yo me abandono al agua.

***

Apoyo la punta de la pala, hago fuerza con el mango y la hundo. Cavo un agujero chiquito y levanto la tierra. Una vez. Dos veces. Tres. Es como jugar en la arena. Me agacho en cuclillas frente al agujero. Una de ellas se esconde a un costado, intenta escapar. Es tonta: yo veo las cerdas y vuelvo a cavar. Las cerdas son como pelos enredados. Es ahí donde se mueven, debajo de nosotros.

Con los dedos revuelvo la tierra elegida. Está húmeda. Despacio agarro de a una las lombrices y las separo a un costado. Ya veo por lo menos cinco. Unas más y ya estamos.

Vuelvo a poner la tierra en su lugar, hago un montoncito en mis manos y llevo las lombrices conmigo. Mi abuela me dijo que tiene una lata para prestarme. Quiero que ella reúna mis anzuelos. Corro hacia su casa.

Cuando pongo un pie en la entrada una gallina me detiene. El corral está abierto, muy pronto van a salir las demás. Me apuro: hago un paso y me mira. Es la Bataraza. Hace unos días fui a darle su pisingallo.

La Bataraza aletea con su cabeza erguida, el pecho anaranjado y las plumas erizadas. Como un torbellino se acerca y me rodea y empieza a picotearme los pies. Miro la medianera, tal vez podría treparme o correr, pero no: las lombrices siguen en mis manos.

Bataraza, salí de acá, dejame pasar. Camino rápido y cruzo la puerta. Desde el galpón veo que se asoman las demás.

Cuando llego me siento al lado de mi abuela que está recostada en su cama. En la pared la humedad, las estampitas y las cruces colgadas. Sus ojos celestes y el pelo blanco, tirante, atado en un rodete. Con una mano me acaricia el pelo, con la otra acerca un pañuelo con alcohol a su nariz. Qué bien, Belencita, me felicita.

—Ya estás lista para ir al Paraná.

***

Camino agarrada de su mano, que me lleva de la camioneta a la casa. La camioneta azul, verde y blanca. En la casa nos espera su amigo, es uno de sus amigos de la fuerza. Su hija lleva entre manos una gomera que parece hecha de una rama seca. Claudio me suelta y saluda al oficial con un apretón de manos. Yo también saludo, con un beso en el cachete, al oficial que se agacha y a la hija que lleva una gomera en sus manos. Me gusta la gomera.

El oficial nos dice que esperemos afuera, yo aprovecho a ver el patio con el aljibe y las margaritas. Del aljibe cuelga una soga y de la soga un tarro que cuando lo volteo regala agua. La nena me dice que por acá cerca hay un arroyo y que el arroyo tiene buenas piedras y me entrega una que saca escondida de su bolsillo. El oficial sale con dos escopetas en la mano. Una se la da a Claudio. Claudio sonríe y juntos empiezan a caminar. Se adelantan. La nena también camina y yo la sigo. El sol me da en los ojos. Apenas puedo ver la figura de sus cuerpos en el horizonte, sobre la línea borrosa que separa el cielo de la tierra. Se detienen. La nena frena debajo de la sombra de un árbol, unos metros detrás de su padre. El oficial le dice algo al oído y Claudio ríe otra vez. La nena me acerca con las manos su gomera y mira hacia una de las ramas del árbol. Encima de la rama un pájaro. El pájaro mueve su cabeza de izquierda a derecha mientras el resto de su cuerpo permanece intacto sobre la rama. Pongo la gomera en mi mano derecha, estiro el brazo y con la izquierda tenso la goma que envuelve la piedra. Claudio coloca la mira sobre su ojo derecho y agarra la escopeta con las dos manos. La mano izquierda sostiene el tubo, la derecha la culata. Apoya el dedo sobre el gatillo. Avanza lento, rozando el suelo. Lleva sus borceguíes negros, no quiere levantar la perdiz. Flexiona las piernas y curva su espalda para mejorar su mira. Divisa la presa. Aprieta el gatillo y dispara.

***

Las despido sentada en un sillón, mis pies no llegan a tocar el suelo. Ellas me saludan y salen juntas caminando a la escuela, cubiertas por guardapolvos blancos. Yo quiero que se queden a jugar conmigo.

La tía Susana termina de lavar los platos y se acerca. Sostiene una palmeta entre sus manos: con destreza golpea las moscas sobre la pared y sus cuerpos caen livianos al suelo. ¿Qué te pasa, sobrina? No contesto.

Me ve tan pero tan triste que me ofrece vivir con ella y mi prima Sofía durante todo el año, así yo también puedo ir a la escuela en Santa Lucía.

Susana es la tía más grande y es la directora de la escuela El Descanso, que queda a unos kilómetros del pueblo en el medio del campo. Ella me enseñó a jugar al truco, a bañarme con el agua que llueve de la canaleta, a pescar en la isla de San Pedro y a robar choclos de las plantaciones, metiéndonos entre los alambrados sin lastimarnos y agarrando primero los de chala verde y barbas brillantes que traen los granos más amarillos y sabrosos.

Le pido a Susana que por favor me preste su teléfono: mamá, dejame aunque sea solo los primeros tres meses hasta que se vaya el calor por lo menos, por favor, dejame, dale…

—¿Te acordás de los pollitos que visitamos el otro día en la granja, esos que estaban con su mamá pata? —Su voz es dulce, seguro está en la revista y tiene a sus compañeros cerca—. Bueno, vos sos mi pollito y yo soy tu mamá, entonces tenés que estar cerca así puedo criarte, darte de comer y verte crecer.

Fiscalía

1

En la fiscalía de San Pedro nos espera Jorge, de camisa blanca, vaqueros y mocasines. Tiene los dientes teñidos de tanto tomar mate.

Me saluda cariñosamente. Nos llevamos bien. Él tomó mi última declaración en 2017.

—Estamos medio enquilombados, hace pocos días entraron a robar y se llevaron cuatro pistolas.

Hay cientos y cientos de expedientes desparramados en el piso y sobre los escritorios. Apenas se puede caminar.

Jorge acomoda tres sillas para nosotras y se queda parado a un costado.

—¿Quieren café?

2

FISCAL propone:

—Vos tenés que declarar primera, seguro vas a estar varias horas.

Digo que sí con la cabeza.

—Después pueden seguir tu mamá y Gregorio, que fue quien descubrió el abuso.

—Y el testimonio de la pediatra —agrega Luciana— con el certificado de la lesión para hablar sobre el primer hecho.

Evaluamos la posibilidad de trabajar los hechos por separado. Esto es: un hecho por día. Para eso, yo tendría que declarar todos los días que dure el juicio y poner foco en cada abuso por separado.

3

—¿Cuándo te desfloraste, Belén?

Luciana mira a FISCAL.

—Es importante, es una posible pregunta de DEFENSOR. Seguro van a decir que fue tu ex novio y no ACUSADO el que te produjo el desgarro vaginal en 2005.

Agacho la cabeza.

—Entonces, Belén, ¿a qué edad te desfloraste?

Lo miro a los ojos.

—No te preocupes, no fue ese año.

Silencio.

—¿Y cómo era la distribución familiar? ¿Por qué a vos te dejaban en la casa de ACUSADO y a tu hermano en lo de tu tía Susana?

—No lo sé. Preguntale a mi mamá.

4

Está en la puerta.

DEFENSOR pasa, se sienta y cruza las piernas. Saluda con cortesía a FISCAL y con distancia a nosotras.

Luciana propone nuevos acuerdos probatorios. Menciona varios, hace foco en uno: los veranos en Santa Lucía.

DEFENSOR parece inflexible.

—No se puede estipular que la supuesta víctima haya pasado los veranos en Santa Lucía.

Habla como si yo no estuviera presente.

—ACUSADO dice que ella nunca durmió en su casa.

Siento calor. El despacho es chico.

No logramos ningún otro acuerdo probatorio. Tampoco trae encima las cartas y las fotos.

—Seguro están archivadas junto al expediente en San Nicolás.

Natalia responde rápido.

—Revisé el expediente y no están.

DEFENSOR la ignora.

Yo no abro la boca. Veo los gestos de Luciana, las anotaciones de Natalia, una estampita en el escritorio.

DEFENSOR recibe una llamada. Pide disculpas y se retira.

Volvemos a quedar a solas con FISCAL.

—Este tipo es bravísimo, es capaz de fumar abajo del agua.

Asentimos.

—¿Cuáles son las preferencias de la víctima?

Me paro y salgo de la habitación.

Jorge nos acompaña a la puerta. Le agradezco su calidez.

—Mandale un saludo a tu mamá.

Estrategia

1

¿Cómo estás? Fue duro San Pedro.
12:04

Sí, no me siento bien cuando DEFENSOR está presente.
12:05

Hay que tratar de que les pregunte lo menos posible durante el juicio.
12:06

¿Cómo hacemos eso?
12:07

Conociendo nuestros puntos más débiles, así yo hago las preguntas difíciles primero y lo dejamos en jaque, ¿qué decís?
12:09

2

—Una cosa es bloquear y otra es dejar pasar.

—Yo no dejé pasar nada, nunca supe nada, ¿qué me estás queriendo decir?

Intervengo.

—Tranquila, ma, no fuiste solo vos.

Me mira.

—Yo dejé que me invite a dormir la siesta en cuero, que quiera acostarse en el cuarto conmigo, que haga pis con la puerta abierta, que quiera ver de cerca cómo ensayaba la coreografía de danza, que me haga masajes, que me busque en Capital y me lleve al pueblo, que se preocupe más por mí que por su propia hija.

Mi mamá se vuelve pequeña en la silla, debajo de su piloto rosa.

—Exacto, eran situaciones que estaban naturalizadas, que en su momento parecían normales y ahora no, y tienen todo el derecho a explicarlas.

Luciana habla y yo me concentro en sus medias rayadas de colores.

—Bueno —sigue mi mamá—, pero todo esto pasó porque este tipo es un psicópata de libro que me manipuló a mí, que se aprovechó de mi hija.

—¡No! Para vos es psicópata, para mí es normal. ACUSADO es un varón más que abusa de su poder y violenta a una mujer, no quiero la inimputabilidad.

—No sé, yo lo veo como un psicópata, él decía que yo era su cuñada preferida, que le había salvado la vida por la vez que tuvo una aneurisma en el medio de la 9 de Julio y estaba solo y yo salí corriendo del trabajo y lo fui a buscar y me subí con él a la ambulancia del SAME que lo trasladaba al Ramos Mejía.

Mi mamá frena. Está pensando.

—Ahora que me doy cuenta eso fue en 2004. Ese año ya había empezado a abusarte. No sé por qué no se murió, no sé por qué no lo dejé morir.

3

—Para el juicio vamos a tener que trabajar cómo respondés. Respondés muy rápido y decís cosas que yo no te pregunto, cualquier palabra de más puede ser un error.

—Ahora no estamos en juicio, estamos charlando, ¿o no?

La tensión aumenta.

Intervengo.

—Bueno, ma, pero este es el momento de prepararnos y tenemos que hacerlo juntas, acá mismo, con Luciana, porque justo vos y yo vamos a ser las más cuestionadas.

—La idea es saber qué te duele, qué te pone nerviosa, así puedo hacerte yo misma esas preguntas… Ahora tengo una pista de por dónde empezar.

4

—Mamá, es hora de irnos.

Juntamos nuestras cosas y Luciana nos acompaña a la puerta.

Gracias por venir, dice.

5

Subimos al ascensor y cierro la puerta tipo tijera de color metal.

La miro. Sus ojos se cristalizan.

Quiero que dejen de preguntarle. Quiero que deje de justificarse si yo ya la perdoné. La culpa, otra vez.

Comisión de trabajo II

1

Me despierto temprano. Es domingo. Esta tarde tenemos la segunda reunión de la comisión de trabajo.

Siento dolor en la garganta. Me quedo en la cama un rato más. Intento descansar. Doy vueltas. Cierro los ojos. No puedo. Digo que tengo que levantarme, que no puedo faltar.

> Paso por la panadería y voy.
> 14:34

Cuando llego, ya hay cuatro docenas más de medialunas sobre la mesa.

Nos sentamos en sillas alrededor de la mesa y también en el sillón. Elijo un lugar al lado de la ventana.

Esta vez somos más. Julieta invitó a Florencia para que se sume al equipo jurídico. También está Natalia, que vino de San Nicolás.

2

Luciana plantea cómo presentar el caso.

—Cuando hable ante el jurado, cuando haga el alegato de apertura, tengo que definir si presento la historia de la víctima o la historia del victimario.

Atención.

—Tenemos que elegir a quién iluminar en el escenario, si a la víctima o al victimario, frente al público que sería el jurado. Puedo decir que esta es la historia de una niña que todos los veranos iba a vacacionar a la casa de sus tíos, y que fue violentada y sufrió estos daños, o puedo decir que esta es la historia de un hombre que aprovechándose de su posición como comisario, de disponer de un arma, de tener a un menor a cargo, abusó de su sobrina.

Unas dicen que tiene que ser la historia de la víctima, que hay que reivindicarla teniendo en cuenta que la defensa la va a desacreditar, diciendo que fabula, que busca venganza. Otras piensan que hay que hacer foco en el jurado, en pensar qué historia puede generar más empatía en ellos, y elegir ese camino.

El equipo de comunicación analiza qué discursos y mensajes pueden ser los más certeros. Paula levanta la mano.

—Presentar la historia del victimario puede ser revelador. Inesperado.

Luciana responde.

—También hay que tener en cuenta que esto lo puede hacer la defensa, que DEFENSOR puede presentar a

ACUSADO como un buen padre de familia, servicial con su pueblo, que se vio metido en un quilombo por el capricho de una sobrina que buscaba venganza, o puede decir que esta es la historia de una mujer que nos trajo hasta acá fabulando. Tenemos que prepararnos para los dos escenarios.

3

El equipo de comunicación se pregunta qué pasaría si los medios nacionales se interesaran en el juicio, o qué consecuencias habría si un grupo de porteñas feministas circulara por San Pedro bajando línea.

PAULA: —Esto puede generar malestar entre el jurado, reforzando una reacción local: qué tienen que venir a meterse en nuestras cosas.

4

—Lo más probable es que el juicio sea en noviembre.

Luciana habla en voz alta y el murmullo disminuye. Todas queríamos escuchar una fecha.

—Aunque puede pasar para el año que viene, no tenemos ninguna certeza. Por eso hay que prepararnos, trabajar como venimos haciendo hasta ahora. Pueden poner fecha de juicio de un momento a otro.

5

Por favor, necesito que me vengas a buscar.
18:08

Saludo a todas con un beso. Les pido disculpas por irme primera.

Cuando bajo, Adri me espera en la puerta.

Sabe cuándo ser puntual y cuándo no.

Novio

Cuando empezamos a salir le conté que escribía. Otro día, de improviso, le compartí el último borrador del libro que estaba por salir.

A la noche siguiente, me invitó a Bellagamba, una fonda en Congreso, a tomar unas cervezas y a pelar cáscaras de maní. Nos sentamos uno frente al otro. Yo me concentraba en sus facciones: cejas gruesas y oscuras, labios finos. Llevaba una cadena colgando de su cuello.

Mientras la rocola sonaba de fondo me dijo que tenía tres preguntas para hacerme. La primera: si la novela era ficción o era mi historia. La segunda: si sentía odio hacia Florencia. La tercera: si quería que vayamos juntos a Santa Lucía el fin de semana.

Cuando llegamos al pueblo fuimos directo a mi casa. La llave estaba escondida en un rincón de la ventana. Había un poco de olor a humedad pero estaba intacta. Los sillones blancos, la escalera, las flores del jardín. El polvo cubría los portarretratos con las fotos de mi infancia. Adri se detuvo más de una vez a mirarlas.

Después de almorzar me pidió que lo lleve a mi lugar preferido. Subimos al auto, me senté frente al volante y manejé hasta que el asfalto se convirtió en tierra. Durante varios kilómetros anduvimos en paralelo a las vías del tren. A los costados el campo y las estancias se sucedían de prisa, era época de cultivo.

Cuando llegamos al próximo paso a nivel detuve el auto. El sol ardía sobre nosotros. No habíamos llevado protector. Bajamos una botella de jugo y empezamos a caminar sobre las vías en dirección a Pueblo Doyle. A veces saltando entre durmientes, a veces sujetados de las manos, haciendo equilibrio, uno encima de cada riel.

Caminamos hasta que el cielo celeste se volvió verde. Un túnel hecho de árboles aparecía por encima de nosotros: hojas, troncos y ramas que entrelazados cubrían y pintaban de fantasía el paisaje.

—En este túnel me escondía de chica. Jugaba a encontrar el cielo entre los árboles.

Nos detuvimos unos minutos a la sombra, descansamos sobre un riel, tomamos unas fotos y volvimos a mi casa. Le pedí que a la vuelta maneje él, le dije que quería disfrutar de la vista, guardar este lugar en mi memoria.

—Santa Lucía puede tener otros significados para vos.

Guardia

1

Sentada sobre una camilla blanca, la médica dice que me levante la remera por encima de los hombros y yo me quedo en tetas, nunca llevo corpiño. Apoya un estetoscopio sobre mi espalda y me pide que respire normal y otras veces que mantenga el aire, más fuerte, y que no lo suelte. Aplasta con una paleta mi lengua para observar la garganta y mete un aparato con luz en mis oídos, me dice que me vista y que me siente, que hace frío.

—Tenés faringitis y otitis.

Antibióticos, ibuprofeno y reposo.

—Cuarta vez que me enfermo en tres meses.

2

En pocos días tengo que hacer la primera entrega. Necesito escribir. ¿Dormir? Doy vueltas. Abro la computadora. Digo que no importa el dolor. Tengo que seguir. A veces el deseo llega solo, otras veces no. Escribo un párrafo. Lo borro. Escribo otro. Una imagen: los pasillos del Tribunal. Los pisos de cerámica. Las paredes color beige. Los ojos de Claudio mirándome. El ahogo. Lo borro. Hoy no. No puedo. Me duele la cabeza. ¿Otra cosa? Último intento. Un lugar. La cascada. Un brazo del río Arrecifes. Mi papá en malla me ayuda a sumergir mis pies en el agua. Su abrazo. Lo guardo. Guardo el archivo. Hago a un lado la computadora y duermo.

3

A mí no me da lo mismo.

No me da lo mismo cuatro meses antes o cuatro meses después, que sea este año o el que viene, estar más preparada o menos preparada, seguir posponiendo las vacaciones, no poder irme de la Ciudad por si el juez me necesita, cagarme de calor en verano, sentir que al final soy yo la que está presa de un juicio que yo misma empecé, que mi cuerpo no me acompañe desde marzo, que gastroenteritis y anginas antes de viajar a San Nicolás, que infección y placas en abril en medio de las audiencias, que gripe y fiebre en mayo después del viaje a San Pedro, que faringitis y otitis ahora, no me da lo mismo.

No me da lo mismo saber que me enfermo y que tengo que estar en cama, que no puedo salir de mi casa, mucho menos leer o escribir, solo estar acostada y llorar.

Y lloro porque no me da lo mismo. Porque no quiero faltar a ninguna de las reuniones ni dejar de ir a cada uno de los viajes, porque cómo puede ser que tengo una abogada y una comisión de mujeres que se agrupa para acompañarme y yo no puedo escucharlas ni estar presente.

No me importa cómo, pero quiero que llegue, no sé con qué resultado pero quiero que llegue, que llegue porque así el aire no llega bien a mis pulmones y aunque ahora otro médico me haya dado una vacuna y tenga que hacerme análisis de sangre me aclaró que lo mío no era solo médico y yo lo entiendo y le digo que sí, que ya sé, y le doy las gracias y cuando me voy soy yo la que digo que no llego, que me duele el cuerpo.

Mi psicólogo dice que está bien que esté cansada, que ya pasaron más de cinco años desde que hice la denuncia.

Comunicación

1

Juan Pablo es especialista en la cobertura de juicios de alta exposición. Lo citamos en un bar de Villa Crespo.

Juan Pablo describe su trabajo, qué es lo que hacen en la agencia y los casos para los que trabajan. Nosotras le contamos cuál es el estado de la causa, cómo conformamos la comisión de trabajo y cuáles son las dudas que tenemos, principalmente sobre la comunicación del juicio.

—Tal vez lo mejor es no hacer prensa, pero sí prever situaciones.

Toma un sorbo de café y sigue.

—Por ejemplo, qué pasa si se genera interés y los medios empiezan a cubrir el caso, si las llaman por teléfono. Hay que tener en claro previamente si Belén va a dar declaraciones o no, si Luciana va a intervenir como abogada, si Paula o Carolina se van a ocupar del discurso ante los medios, si van a compartir información o no sobre lo que suceda en el juicio.

Hace una pausa.

—También hay que pensar qué harían si la defensa del acusado encara alguna clase de ataque mediático, cómo van a reaccionar. Hay una cobertura que puede ser elegida y otra que no, que puede surgir y tienen que estar preparadas.

2

—Tienen que contarles una historia donde no importa qué ideología tengan. Lo que importa es que se cometió un hecho muy grave. Tienen que decirles que no es la palabra de la víctima contra la del victimario, sino que es un hecho y que hay pruebas que lo demuestran. Es un delito que tiene que ser juzgado.

3

La buena víctima.

—Muchas veces pasa que después de muchos años la víctima se presenta empoderada y eso no sirve. El jurado te tiene que ver como la nena inocente de 13 años.

4

Cuando entre a la sala tengo que llevar ropa clara, si es posible una remera rosa o celeste bebé, que no sea escotada y que cubra, al menos, un tercio de mis brazos largos; tengo que quitar el pañuelo verde de mi mochila y dejar atrás los jeans ajustados y las zapatillas desgastadas; hablar tranquila, pausada, con el volumen disminuido de siempre, acentuando los resabios del campo que a veces se me escapan cuando aspiro la ese; dicen que cuando entre y mire al jurado tengo que ser humilde, que tienen que olvidar que vine de la Capital y que llegué para enjuiciar a uno de los suyos, que tienen que saber que adoro los pueblos, que prefiero toda la vida llevar la suela embarrada que lucirla afilada por el roce del asfalto, que nada más quisiera que abandonar el departamento y correr a mi casa y mecerme en la hamaca a la sombra del árbol inmenso que habita en su enorme patio. Dicen que tengo que parecer más chica, que cuando le hable al jurado tienen que imaginarme de trece años, alta, sin tetas, de piel suave, cachetes grandes, pocos granos y pelo lacio, que tienen que verme a los ojos y ver a su propia hija, y pensar que a ella también se la pueden coger, que si no es el tío puede ser un papá, un hermano, un maestro o un vecino, que ella tampoco está a salvo, que el peligro está en todos lados; que tengo que caminar derecha y con la frente en alto, que tengo que llorar si es necesario, que tengo que ser respetuosa con el juez, correcta en mis respuestas, precisa en las fechas, firme en mis negaciones, indulgente con mi abusador, simpática con el jurado; que no tengo que enojarme cuando el abogado me pregunte por qué no hablé antes, cuando diga que fabulo, que tampoco fui los veranos, cuando muestre que ACUSADO está grande, que vino en muletas, cuando escuche a Florencia enjuiciarme, cuando diga que no tengo familia, que ni siquiera tuve hijos, como ella, y entonces no tengo nada que perder; que no tengo que faltarle el respeto a las instituciones, que no tienen por qué saber mi opinión sobre la Iglesia, mucho menos sobre la policía, que sepan que no pienso que todos los comisarios son violadores, pero que ACUSADO sí y que por eso quiero justicia; que solo sepan que soy una buena víctima, que yo no deseo, no cojo, no salgo, no bailo, no pido, no debo, no marcho, no grito, no muerdo.

Que Belén espere afuera del Tribunal por un rato.

Plan de trabajo

1

> ¿Alguna novedad del juicio?
> 16:35

La feria judicial terminó hace unos días, a principios de agosto.

> Si JUEZ tiene agenda en noviembre
> no creo que lo pasen para el año que viene.
> 16:37

Ojalá, respondo a Luciana. Y entonces decidimos esperar unas semanas más.

2

> ¿Cuándo nos podemos reunir para hacer un plan de trabajo juntas sobre tu testimonio?
> 17:04

Quiere que nos pongamos de acuerdo en la metodología: piensa que hay cosas que resuelvo mejor por escrito. Y que elijamos juntas qué palabras, qué lenguaje vamos a usar en mi testimonio y en sus preguntas.

> Lunes o martes estoy libre.
> 17:07

3

> ¿Pudiste conseguir fotos de tus viajes a Santa Lucía o de tus cumpleaños?
> Necesito fotos que respalden la línea de tiempo.
> 17:25

—Me ocupo este fin de semana.

—Sería bueno también si te acordás quién sacó las fotos, sobre todo en las que están en la casa de ACUSADO. Esa persona es testigo de que vos estuviste ahí.

4

Salgo de mi casa. Me subo al primer colectivo que pasa por la avenida Santa Fe, me bajo a diez cuadras del departamento de Congreso y corro.

Entro y voy directo al comedor. No hay nadie.

Vacío la caja de cartón sobre la mesa ratona. Rápido y sin vacilar, separo todas en las que estoy en Santa Lucía, no importa el año, tampoco si estoy sola o acompañada, me llevo todas. También separo en las que están ACUSADO, Jesús o Florencia. Son más de las que imaginaba. Guardo todas en la mochila. Antes de irme reviso mi cuarto. En uno de los cajones encuentro una carpeta con fotos. Tiene muchos años pero está intacta. Todo en ese cuarto está intacto: el escritorio y los placares repletos y la cama tendida como si nunca me hubiera ido. Todo en este departamento ahora deshabitado guarda como una foto el pasado de lo que alguna vez fuimos nosotros. Los cuatro.

5

Estoy perdida.

La mayoría de las fotos están sueltas, sin ninguna referencia temporal. Son muy pocas las que tengo de mis cumpleaños, donde aparecen la torta y el número de las velas.

Es un trabajo difícil.

Se me ocurre una idea.

Saco todas las fotos institucionales de mi colegio. Al comienzo del ciclo lectivo, en marzo o abril, el fotógrafo de la escuela sacaba una foto grupal del curso y otra individual del alumno para que sus familias las guarden de recuerdo.

Ahora esas fotos son mi guía.

Las ubico sobre las maderas del piso, ordenadas de menor a mayor, ocupando todo el largo del comedor, y a partir de ahí voy ordenando de a una las fotos que traje de Congreso, de acuerdo al parecido que tenía con la foto de la escuela: si tenía el pelo igual de largo o de corto, si tenía los cachetes más rellenos o más flacos, si ya había tomado la comunión o me había teñido o no los reflejos a mis doce años.

Y así lo voy haciendo, foto tras foto, hora tras hora, durante todo el fin de semana.

Arriba de todo: la foto del colegio con un cartel de papel donde escribo en rojo el año y debajo, si tengo, la foto de mi cumpleaños cada febrero, y más abajo, todas las demás fotos ordenadas de marzo a diciembre de acuerdo a la ropa que usaba en cada estación, de verano a invierno y de invierno a verano, otra vez.

6

Adri está en casa.

Dijo que se quedaba, que tenía que estudiar álgebra para rendir un examen en la universidad, pero lo cierto es que prepara café, sugiere que salgamos a respirar aire fresco, de a ratos, y casi al final del día, cuando ve que todavía no termino y se acerca la hora de cenar, me propone enumerar las fotos para facilitarme el trabajo.

Mientras ordeno, Adri enumera y escanea con el celular las fotos que nos tienen a ACUSADO y a mí como protagonistas. Solo se detiene, unos segundos, en una en la que ACUSADO me agarra de las manos y me mira de frente, yo con un equipo de gimnasia gris, con mi pelo rozando los hombros, él con un pantalón de tela y una camisa manga larga, y me pregunta cuántos años tenía ahí.

—Siete años.

Agarro la foto de sus manos y la dejo de nuevo sobre el suelo.

—No te preocupes, yo puedo sola.

Insisto pero no retrocede.

Levanta otra y sigue numerando.

7

A medianoche ya escaneamos las 71 fotos. Están ordenadas por año en una carpeta.

Abro un archivo de Word y escribo los epígrafes, con todos los datos que veo y recuerdo.

La primera es de 1998 y dice: Belén y sus primas en la pileta del club de Santa Lucía.

Enero de 2007, Belén en la estación de ferrocarril de Santa Lucía.

Y así sigo, una por una, de 1998 a 2014.

Del otro lado del pueblo

Mamá vuelve del trabajo con un regalo. Es un reloj con tapita con un montón de chicles pequeños de colores adentro. Agarro un puñado y lo meto en mi boca, después de la tercera mordida el sabor se va.

Abre un paquete de comida congelada y lo mete adentro del microondas. Prepara un plato para mí y otro para Edu, que en un rato vuelve de la facultad. Ella no quiere cenar, prefiere ir directo a la cama a ver televisión.

Es la primera noche que papá no duerme en casa. Estoy vestida con el buzo de egresados de la primaria, las mangas me quedan cortas. Mucho más cuando abrazo a mi mamá como ahora, que envuelvo su cintura entre mis brazos y la aprieto bien fuerte y los puños quedan a la altura de mis codos.

Ella peina con sus dedos mi flequillo y me habla al oído.

—Tranquila, vamos a estar bien.

Papá me dijo que va a pasar la noche a una pensión. Se llevó solo un bolso con ropa. Antes de salir por la puerta yo le pregunté si podía ir con él.

—No es un lugar para vos. Mejor quedate en casa cuidando a mamá.

***

Me despierto sobre el colchón, cubierta por una sábana. A veces me duele la espalda pero no digo nada. Mi mamá prefiere que me quede acá. Dice que tía María tiene suficiente con sus cinco hijas.

Florencia sigue durmiendo. Tiene un cuarto para ella sola. Cuando se levanta tendemos la cama, limpiamos un poco la casa y vamos al almacén a comprar fiado. Almorzamos un sándwich y vemos la novela del mediodía en la televisión. Al rato sus amigas golpean la puerta y nos vamos a la pileta.

Me gusta estar con ella. Presto atención a cómo se viste, qué música escucha, cómo habla con los chicos. Presto atención y aprendo. La veo como una hermana mayor y tal vez ella a mí como una hermana menor aunque eso no siempre sea bueno. A veces me pregunta cuándo va a venir mi mamá a buscarme o por qué no hago mis propias amigas en el pueblo.

Para su último cumpleaños le regalé un portarretrato con una foto de los cuatro, quería agradecerle por cuidarme el último verano. Ella me abrazó y me dijo gracias y guardó la bolsa en su cuarto. Cuando volví, al fin de semana siguiente, había sacado la foto y había puesto una de ellos tres en el portarretrato nuevo.

—La familia somos nosotros.

***

Claudio reposa en la parte más profunda de la pileta, ahí donde no hago pie. Sus manos se aferran a la cadena y se deja flotar, el agua sostiene el peso de su cuerpo. Seguro hizo unos largos y está cansado. A veces viene directo cuando termina de trabajar.

Me acerco en puntitas de pie, despacio, y me siento en el borde. Toco el agua, está tibia. Tiene los ojos cerrados. Quiero sorprenderlo.

—¡Hola, tío!

Él con una sonrisa se incorpora, saca los tapones de sus oídos y me da la bienvenida.

—¿Qué tal? ¿Cómo anda mi sobrina preferida?

Como en un juego, sujeta mis pies y me arroja al agua. Yo me dejo caer. Mi cuerpo golpea contra el agua y salpico.

Ahora me propone que compitamos a ver quién aguanta más tiempo sin respirar. Acepto el reto. Acomodo mi gorra, ajusto las antiparras. Estoy lista. Respiro hondo por la boca, tapo mi nariz, cierro los ojos y meto la cabeza abajo del agua.

Sin darme cuenta, la fuerza de empuje lleva mi cuerpo hacia la superficie, dejándome boca abajo en posición de plancha. Sigo con los ojos cerrados. Voy largando de a poco el aire por la boca. Siento el roce del agua en mis oídos. Las burbujas que estallan frente a mí a borbotones.

Cuando me canso abro los ojos y lo veo. El collar de chapa militar cuelga de su cuello. Tiene los ojos abiertos, me mira, tranquilo, con su cuerpo acomodado en la escalera, sentado con los pies flotando, sin hacer fuerza.

De un desparramo salgo del agua.

—¡Perdí! ¡Perdí, tío!

Él sale enseguida detrás de mí. Se ríe. Dice que va a compartirme su secreto para ganar. Es el primer secreto que compartimos juntos.

—Belén, mirá, tenés que respirar así.

Se acerca. Apoya una mano sobre mi panza y otra sobre mi pecho, mostrándome cuál es la diferencia entre las dos respiraciones.

—Si respirás por la nariz inflando la panza, como respirabas cuando eras bebé, te entra más oxígeno.

Le doy un abrazo y juntos vamos a buscar a Jesús que toma sol en las reposeras. Ya es hora de volver a casa.

***

Los postigos están cerrados, las luces apagadas y las ventanas apenas abiertas para que circule el aire. A esta hora no se escucha ningún ruido, como mucho el ladrido de algún que otro perro callejero o el zumbido de las moscas que revolotean sobre la comida.

Levantamos la mesa, lavamos los platos y yo preparo la mochila para la pileta. Mi papá se apunta para subir las escaleras. Es la hora de su siesta.

Cuando sube el primer escalón alguien golpea las manos afuera. Sabina me espera subida a una bici prestada.

Nunca usa pollera, tampoco sandalias, y se corta el pelo sola con la máquina de afeitar más barata del kiosco.

Saludo a mi papá, agarro la mochila y me voy, subida al caño de su bicicleta. Cuando estamos a medio camino decidimos primero dar unas vueltas por el pueblo a ver si anda alguien. La plaza está vacía, la heladería también, hasta que vemos pasar una moto amarilla. La maneja un chico rubio, no es la primera vez que lo veo. Con él va uno de sus amigos.

No tengo mejor idea que decirle a Sabina vamos, vamos hasta el galpón donde trabaja mi primo así le pido prestada su Zanella para dar una vuelta. Sabina me pregunta si sé manejar y yo le digo que sí, que manejo el auto de mi viejo. Mi primo me la presta por una hora, yo le agradezco con un abrazo. Sabina de la emoción tira la bici al suelo, no llega a apoyarla contra un árbol.

La moto arranca a la primera patada. Sabina se acomoda detrás de mí. A la derecha tengo el acelerador y a la izquierda el freno. Salimos. Primero andamos despacio, damos vueltas por calles de tierra, ahí donde no anda nadie, hasta que tomo coraje y decido ir para el centro. Agarrate, le digo a Sabina y ella se sujeta bien fuerte de mi cintura, y las dos sobre la moto recorremos la avenida principal. ¡Más rápido! ¡Más rápido! Me dice Sabina al oído y yo acelero más, y a toda velocidad pasamos delante del club y la heladería, y antes de llegar a la estación de tren, a lo lejos, veo que el chico rubio y su amigo atraviesan las vías, cruzando con la moto al otro lado del pueblo.

Los seguimos. Yo giro cada vez más mi muñeca, siento el crujir del motor, el ruido de las llantas acelerando. Vemos la cruz blanca que antecede a las vías y las cruzamos dando saltos sin apretar el freno, hasta que se viene la curva y doblamos a la izquierda, casi pegadas al suelo, y yo que no veo venir la loma de burro recién hecha con el asfalto recién puesto, resbaloso, casi nuevo.

Sabina se suelta, se despega de mí y sale despedida. Yo me aferro a la Zanella que no es mía y siento miedo. Mi muñeca sigue girando cada vez más fuerte, no puedo frenarla y me voy al suelo. Mi pera cae de lleno contra el piso, siento el crujir de la mandíbula. Mis piernas y mis brazos siguen rozando el asfalto a la velocidad de las cubiertas. Ya no siento el dolor en el cuerpo.

Cuando abro los ojos veo pedazos de dientes blancos esparcidos sobre el asfalto y sangre, sangre derramada alrededor mío. La veo a Sabina sentada sobre el suelo, veo a los bomberos agachados frente a mí pidiéndome que no me mueva. Veo el descampado, los árboles y el vagón del ferrocarril abandonado a lo lejos. Veo partes de mi remera naranja sueltas por el suelo. Veo lo que puedo mientras sostengo mis ojos entreabiertos. El cuerpo me arde. Los bomberos tienen en sus manos una camilla de madera. Entre dos me colocan un cuello ortopédico, me envuelven con cintas rojas y me suben rápido al camión. No siento los huesos, solo el ardor. Escucho la sirena y cierro los ojos.

Despierto en el hospital y veo los rulos rojizos de una mujer con guardapolvo blanco que trabaja sobre mí. Mi tía Jesús entra primero y me agarra la mano. Detrás de ella mi papá, que sigue en camiseta blanca, recién despierto de la siesta. Cuando escuchó la noticia subió al auto y fue al banco a buscar a Jesús: «Belén tuvo un accidente».

«Cosela», dice mi papá dirigiéndose a la doctora. «¿Y Sabina?», alcanzo a preguntar antes de que me duerman y la doctora me reta, dice que no tengo que esforzarme, y Jesús levanta los dos pulgares, en señal de que Sabina está bien. Yo lo sé porque la vi. Ella saltó libre y yo me aferré a la moto. Me acuerdo del chico rubio yéndose a lo lejos para el lado del cementerio. Vuelvo a dormir.

Cuando abro los ojos, papá está al lado mío. Jesús y Claudio esperan en el hall. La doctora sigue con las curaciones. No siento nada, doctora, le digo y me dice que me quede tranquila, que es por la anestesia. Mi papá con un trapito me seca la saliva que cae de mi boca y recorre el cuello. Le pido que entren, quiero verlos. Ahora los tres me rodean.

«¿Qué pasó, sobrina?», me dice Claudio con una sonrisa, «por un tiempo no vamos a poder jugar al paddle juntos». Jesús lo reta por hacerme chistes. Ella me acaricia la mano izquierda, la única parte de mi cuerpo que no está en carne viva. «Te vas a curar rápido, vas a ver», me consuela. Mi papá, el más callado, no se separa de mí. En voz baja, cuando dormía, lo escuché decir: «Mi nenina, ¿qué pasó, mi nenina?».

La doctora termina con las curaciones. En diez días tengo que sacarme los puntos. Ya limpió las lastimaduras y de hoy en adelante voy a tener que cuidarlas mucho, principalmente del sol, para que no me queden marcas. Mi papá gasta una fortuna en la farmacia entre cremas, desinfectantes, gasas, antibióticos y antiinflamatorios. Al bañarme tengo que envolver las partes lastimadas con bolsas de residuos para que no entre el agua, esto es: cubrir la pera, los hombros, los codos, las muñecas, las rodillas y los muslos.

Cuando la doctora me da el alta, no quedan más sillas de ruedas disponibles en el hospital. Claudio y mi papá me sujetan uno de cada brazo para llevarme hasta el auto. «Quiero ir a lo de Jesús», le digo a mi papá, argumentando que en casa no puedo subir las escaleras. «Te bajo la cama al living», insiste y yo no cedo. Mi papá y yo en el auto y Claudio y Jesús en la camioneta de policía, estacionamos juntos afuera de su casa. Me llevan a su cuarto y me acuestan en el centro de la cama matrimonial, con mis piernas apoyadas sobre dos almohadones en altura. Poco a poco empiezo a sentir dolor. Todavía no fui al baño ni me vi al espejo. No quiero. Claudio se sienta en la esquina de la cama y me dice que trate de descansar, mientras Jesús se cambia la ropa del trabajo y mi papá va a casa a buscar mis cosas.

A la tardecita llegan mamá y Edu a Santa Lucía. Mamá llora y viene directo a abrazarme. Edu me mira de lejos y empieza a reír a carcajadas cuando con gracia abro la boca y le muestro los pocos dientes que me quedan. «Yo pensé que iba a la pileta», se defiende mi papá y yo le pido que se calle y que venga conmigo también a abrazarme. Claudio prepara la merienda: una bandeja con facturas y mate. Para mí, una tortita negra cortada en partes pequeñas y un vaso de jugo. Gracias, tío, le digo.

Declaración

1

—Los abusos incestuosos múltiples suponen un ejercicio de poder contra un menor. Por lo general tienen una dinámica lenta, de a poco, en la que el abusador va preparando el camino seduciendo a su futura víctima. Este proceso suele ser sutil, aparentemente amoroso, y puede durar años hasta llegar a la violación del menor.

Luciana mira el monitor de la computadora y levanta las cejas cuando menciona palabras claves. Sigue.

—Los abusadores, a través de la seducción, las caricias tiernas, aseguran un amor especial, hacen que el menor confíe en esa persona que, además de cuidarlo, lo ama por sobre todas las cosas. Y aunque las caricias no sean agradables, se convierten en normales y se repiten. Y una vez que el abusador consigue la voluntad o el miedo de su víctima, repite la agresión sexual, mientras la víctima hace silencio por miedo o confusión. Tiene miedo de que no le crean, de que la culpen, de perder a su familia: quien lo hace suele ser un familiar o tutor que vive en la misma casa de la víctima.

—¿Te parece bien ese paradigma, Belén? ¿Creés que tiene que ver con lo que vos viviste?

—Sí.

2

Empieza el interrogatorio.

Estoy preparada. Vine con las fotos seleccionadas, la causa estudiada, la línea de tiempo hecha y unas anotaciones en mi cuaderno.

Pienso que voy a poder responder con seguridad, que ya pasé por esto, que conozco las preguntas, que Luciana me entiende.

Pero no.

Siento cada pregunta como un disparo. No tengo palabras. Quedo inmóvil. Digo frases sueltas, escuetas, mientras mis manos tiemblan.

Quiero salir corriendo, irme de acá, cruzar la puerta de madera, bajar por las escaleras y correr, correr por Avenida de Mayo, correr por la plaza Congreso, ver los pájaros y las fuentes y el agua salpicando y los pibes revoloteando, y abrazar a mi papá.

Deseo como nunca antes había deseado nada y deseo no haber denunciado, no estar acá frente a ella, no volver a ver nunca más a ACUSADO, no declarar ante un jurado, no tener que ir a juicio.

Pero acá estoy y Luciana me interroga y aprieta más fuerte de lo que yo puedo, y no puedo frenarla y ella tampoco frena.

3

—¿Cómo se estableció ACUSADO como el único miembro de tu familia al que podías recurrir? ¿Cómo se convirtió en el único capaz de darte afecto? ¿Qué palabras usó, qué herramientas usó de tu vida para hacerte sentir que, si te peleabas con tu mamá o te dejaba tu novio, era la persona a la que podías acudir?

—...

—¿Cómo fue sexualizando tu necesidad de afecto? ¿Cómo controlaba tu sexualidad?

—...

—¿Qué circunstancias hicieron que el abuso continúe?

—...

—¿Qué pasaba con las figuras de cuidado? Hay un punto de quiebre en tu infancia: la separación de tus padres. ACUSADO aprovecha el quiebre para empezar la captación. ¿Cómo se configuraba, entonces, tu nueva familia? ¿Cuáles eran las nuevas costumbres?

—...

—¿Cómo construía tu rol en la familia? ¿Qué rol tenía el abusador en la familia? ¿De qué estructuras sociales valiosas se aprovechaba para abusar? ¿Cómo a partir de la estructura tenía poder y cómo por tener ese poder abusaba? No cuestiones la estructura, explicala.

—...

—¿Cuáles fueron las consecuencias del abuso que anularon las relaciones de apoyo fuera de tu familia?

—...

—¿Cómo se construyó tu propio valor a partir de la construcción de tu tío? ¿Cuáles eran sus formas de hacerte sentir vergüenza? ¿Cuáles fueron los elementos de organización del abuso?

Me quiero ir.

—¿Cuáles fueron sus coartadas?

Pero no puedo.

—¿Cuáles fueron tus retractaciones? ¿Cuáles eran las estrategias para el incesto propiamente dicho? ¿Por qué no te resististe?

No puedo mover mis manos.

—¿Lo implícito era el arma? ¿Qué mecanismos hicieron que vos dudes de lo que pasaba?

—...

—¿Qué hizo que, a pesar de tener conciencia de que estaba mal lo que pasaba, vos no puedas romper el silencio?

Shhh...

—¿Cuáles fueron tus motivos concretos para no develar?

¡Cuándo va a terminar!

—¿Y los motivos para retractarte?

No quiero volver a declarar.

—¿Qué sentido le dabas vos al abuso?

Por qué mierda denuncié.

—¿Cómo logró ACUSADO abusarte sin explicitar su violencia?

Podría haberme hecho la boluda.

—¿Cuáles fueron las consecuencias sobre tu salud mental y física?

Y ahora estaría en mi casa.

4

Me decía sobrina preferida. Me buscaba en Capital cuando mi mamá estaba triste. Me defendía frente a Florencia. Me pedía que baile la coreografía de danza frente a él, a veces delante de sus amigos. Decía que le gustaban mis piernas largas. Decía que le gustaba mi pijama. Decía que parecía un fósforo por mi cabeza grande y mis piernas largas. Me preguntaba por mi ex novio, quería saber qué había hecho y qué no con él. Decía que mi ex novio no era para mí. Mamá y papá separados. Desplazamiento: de papá a Claudio, de mamá a Jesús. Jesús como modelo de mujer. Construcción de mi mamá loca y mi papá restrictivo. Jesús andaba en bombacha, sin corpiño. Él en bóxer. A Jesús no le molestaba que duerma la siesta conmigo. Me dejaban salir a bailar con Florencia y volver más tarde. Comía poco. Decía que era inteligente pero problemática. Yo pensaba: encima que me quiere con lo problemática que soy, agradecida tengo que estar. Mis conductas arriesgadas. Los accidentes. La moto. Mi habilidad para construir otras relaciones. Figura de autoridad para la familia y el pueblo. Superhéroe. Mi mamá, siempre en deuda con él por mi cuidado, le da regalos. Su presencia en todas las instituciones: policía, club, hospital, iglesia. Mi exigencia. Mecanismos de evasión. Falta de confianza. Se construyó a mi mamá como alguien en quien no podía confiar. Si mi tío dice que soy inteligente es porque yo soy inteligente, no importa lo que dicen los demás. Por eso soy leal a él, por eso siento culpa. Era la menos femenina pero mi tío se fijaba en mí. Autodaño. Promiscuidad. Una forma de desacreditar: a vos quién te va a creer si te cogiste a Franco. Pierdo credibilidad. Hospedarme en su casa. Mi mamá lejos. Única relación de confianza. Aislamiento. Florencia. Ante la ginecóloga pediatra, ante Jesús, ante Florencia, ante mi ex novio que me pregunta por qué no quiero dormir más en lo de mi tío. Colchón en el piso. Armaba escena para que parezca que esa oportunidad la generaba yo. Él dormía en el piso para que yo esté más cómoda. Evolución en el tiempo: cuando Florencia ya se iba a dormir a lo del novio. Fusionada con abusador, no era dueña de mi cuerpo. El arma. Empiezo a tener contacto con otras personas, hablo de relaciones sexuales con mis amigas. Temor a él y a perderlo todo. Perder a mi familia. Vergüenza. Diez años sin hablar. Confusión. Era mi culpa. No era mi culpa. Quería quedarme o irme. Qué pensé la primera noche. Preguntar a psicólogo. No angelarme. Preparando los desayunos a la mañana, después de abusarme. Tratándome como a su hija.

Necesito que me vengan a buscar.

Veredicto

1

En un mes viajé a San Nicolás, conocí al juez de mi causa
y volví a ver a Claudio después de seis años; en un mes
viajé a San Pedro, caminé otra vez las barrancas, un ex declaró en mi contra y el fiscal me preguntó cuándo me des-
floré; en un mes revisé las fotos del álbum familiar, elegí
las fotos en las que estoy con él, les puse fecha y lugar, y
me junté en una misma habitación con la abogada y mi
mamá; en un mes me comí todos los pellejos de las manos,
engordé varios kilos, me salió un hongo en el pie, no me
pinté las uñas ni una vez y el rimmel se me secó; en un
mes hice con Adri la unión convivencial, compramos las
mesas de luz, el sillón y pintamos cuadros para decorar; en
un mes no tuve taller de escritura, cancelé todos mis tur-
nos médicos y quise abandonar terapia para dejarme llevar; en un mes un gusano se comió mi albahaca y sumé
tres plantas nuevas al balcón, me compré el casco de la
bici, le dije feliz día a mi papá, abracé a mi hermano, toqué

el cajón peruano con mi sobrina Valentina, tuve insomnio, dormí más de doce horas seguidas, miré series completas, no pude terminar ningún libro, dejé de ir a los cumpleaños, limpié mi casa con palo santo, entregué el primer borrador de esto que escribo, le compré una cucha a Ziro; en un mes cayeron las últimas hojas de los árboles, volví a vestirme de negro, empezó por fin el invierno, se cumplieron cinco años de que escribí la denuncia, me avisaron que en noviembre es el juicio oral.

2

¿Cómo estás vos?
18:54

Ahí ando, le digo, nuestro último encuentro no fue sencillo.

En una hora te llamo.
19:04

Pasaron quince días de nuestra reunión y sigo sin responder las preguntas.

3

Atiendo.

—Belén, era importante para mí saber hasta dónde vos podías declarar y a partir de ahí pensar qué cosas puedo decir yo por vos, qué cosas puede contar tu mamá por vos, qué cosas puede declarar tu psicóloga, tu ginecóloga. Ahora lo tengo más en claro.

—Pero yo estoy enojada porque no puedo responder lo que vos me preguntás, porque no puedo hacer más, ni siquiera por escrito, y yo te prometí que íbamos a trabajar juntas, que este era un trabajo en equipo, y no estoy cumpliendo.

Se me entrecorta la voz.

—Hace días miro la pantalla sin poder abrir el archivo. Me hiciste preguntas que nunca me habían hecho, que nunca me había hecho. Perdón, Luciana. La cercanía del juicio me paraliza. Es la primera vez que no puedo.

—Belén, sos vos la que no entendés.

Me frena.

—Vos podrías no hacer más nada de acá al juicio, no responder ninguna pregunta más, no volver a hablar del tema, no moverte de tu casa. No entendés que con todo lo que hiciste ya es más que suficiente.

4

Me paro frente a la puerta, parece una iglesia, de techos altos, paredes gruesas y pisos de cerámica. Hace mucho frío, la abro y camino, apenas entra una luz tenue por uno de los ventanales. Siento los labios secos y el olor a incienso. Camino por un pasillo que no termina nunca, de cada lado hay bancos de madera largos y enfrente, al final de todo, en lugar de un altar hay una mesa rectangular con una balanza de metal encima caída hacia la derecha, un sillón alto de cuero bermejo y una cruz enorme colgada en la pared.

Me siento en el primer banco, cuando apoyo mi culo las maderas crujen. Escucho unos pasos atrás mío y es Luciana, que llega y se sienta. Nos damos la mano, me dice que me quede tranquila, que llegó el día. Se para y saluda a Vuestra Señoría: alguien entra y se sienta en el sillón bermejo, tiene puesta una túnica negra, la punta de sus pies no llegan a tocar el piso. Saca un martillo y lo golpea contra la mesa, empieza la sesión.

Giro la cabeza y atrás mío no hay nadie, mi familia todavía no llega. Del lado izquierdo, sentadas en el primer banco, veo a Jesús y a Florencia, las dos arrodilladas sobre el suelo. Rezan. Empieza a entrar gente por el pasillo, reconozco a algunos vecinos del pueblo que llevan candelabros en sus manos, se sientan detrás de ellas. Llegan también colegas de la fuerza, mi prima Sofía con uno de sus hijos en brazos, mi primo con boina y a caba-

llo, mi abuela Virginia que camina apoyada en su anda-
dor y varios amigos de Florencia. Uno de ellos se acerca a
saludarme: *Que sea lo que dios quiera*, dice y vuelve a su
lugar.

El lado izquierdo está completo, de mi lado sigue el
vacío.

Una mano toca mi espalda, es mi mamá. Está agitada.
Le pido que me abrace y se siente al lado mío, con Luciana, las tres.

Alguien prende una luz y lo veo a ACUSADO, encerra-
do en una jaula al costado del juez. Lo veo de espaldas,
bucea frente a una computadora de escritorio, mueve rápido el mouse, busca algo en una carpeta, un archivo
guardado. Luciana, decime qué está pasando que no entiendo. Agarro fuerte a mi mamá de la mano. Una pantalla enorme se despliega delante de la cruz y ACUSADO
arrima un proyector desde la reja y hace clic, doble clic.
Las luces se apagan, la pantalla se enciende y ahora veo:
una carta que yo escribí cuando era chica se proyecta in-
mensa delante de todos, una carta que dice: *Tío, te amo,
sos el amor de mi vida.*

Mi mamá se levanta y le dice algo al oído a Luciana y se
va corriendo. Ella se va y yo lloro, y digo que es verdad, le
digo al juez que está ahí sentado que sí, que eso lo escribí
yo. Vuestra Señoría, eso es de mi puño y letra, le digo y las
luces se encienden y unos guardias aparecen, uno de cada
lado, y sujetan mis brazos, sin esposas, mientras una soga
levanta la jaula que encerraba a ACUSADO.

Luciana intenta frenar a los guardias pero ellos no me sueltan. El juez pide a todos los varones del salón que se paren, que la ley dice que hay que pagar con la misma moneda que se roba y que entonces ahora mi castigo es que todos me cojan a la vez. Luciana grita ¡no! ¡Basta! ¡Basta, por favor! Grita y golpea a uno de los guardias y yo de un movimiento me libero y corro, y salgo por la puerta. Busco a mi mamá.

Entro en un túnel con agua en el suelo, piso y salpico, parece un subsuelo y ahí la veo, entre muchas y muchas cajas. Hay un cartel que dice Editorial Atlántida, donde ella trabajaba cuando yo era chica. ¿Qué haces acá, mamá? Ella dice que me quede tranquila, que está buscando entre los archivos, busca pruebas, cartas o fotos, lo que sea, que lo vamos a encerrar. Yo le pido que no busque más, que hay ratas dando vueltas por acá, que nos vayamos a casa, por favor, y juntas cruzamos la puerta y salimos, de nuevo, a otro lugar.

Aparecemos las dos en las vías del tren de Santa Lucía y yo ya no piso agua, ahora piso pasto y veo la estación de ferrocarril, los galpones, las yeguas amarradas a los árboles esperando el próximo galope, veo la llanura en toda su inmensidad, siento el sol que golpea mis ojos. *¿Viste, Belu? Pudimos volver al pueblo*, dice mi mamá y abre la puerta de casa.

Guardia II

1

Descarto completamente que el juicio
se concrete este año.
15:35

Estamos en octubre y JUEZ todavía no ratificó ninguna
fecha.

2

Días atrás fui a la ginecóloga y le pregunté si había rastros
de la lesión perineal.

—Dijo que el cuello de útero lo tenía perfecto, que el
agrandamiento de un labio se puede dar por múltiples
motivos, no necesariamente por violencia sexual, incluso
puede ser por causa natural.

Le digo que la ginecóloga revisó sus registros delante de mí. Dijo que, en nuestra primera consulta allá por 2014, había notado que al hacer un papanicolaou yo constreñía demasiado la zona y que eso sí podría estar asociado o ser consecuencia de un trauma.

3

- *¿Efectos del retraso judicial?*

4

Me duele la mandíbula, aprieto mucho los dientes, la camilla es de cuero verde, son los pies más planos que vi en mi vida, tenés los juanetes muy pronunciados, me transpira la espalda, hacete masajes antes de dormir, ¿duermo?, yo no me cepillo ni pongo crema, quiero un bocado, no me gusta que me toquen, mi mamá siempre quiso que sean más chicos, tampoco que me hagan masajes, que yo sea más chica, cinco o diez centímetros, o que me miren de espaldas, ¡ay!, muerdo fuerte, tengo pelos en el empeine y en el dedo gordo, el esmalte se desgasta, las encías no se aflojan, las paletas sí, es que no son mías, quiero comer algo grande y rápido, todo junto, me duele un poco al caminar, me muerdo el pellejo, tragar, mis uñas crecen onduladas desde la raíz, no sé, señora, por qué no vine antes, no quise, no pude, afuera sigue haciendo frío, me da vergüenza, aprieto los dientes fuerte, más fuerte, podrías usar plantillas, ahora me sale sangre, así nunca van a crecer, solo uso zapatillas, acomodo la cabeza, ni siquiera botitas, necesito solo un bocado, tampoco uso hilo dental, quiero irme a mi casa, comer y dormir, o solo dormir, ¿ahogar?, el cuello duele, la cabeza pesa, los ojos caen, la mandíbula se traba, los dientes se rompen, las uñas se ablandan, las rodillas crujen, los pies se inflaman, los brazos se agrandan, el cuerpo ya no se esconde.

5

Me levanto a las siete de la mañana sin despertador. Me duele la panza, otra vez. Tiemblo de frío.

> Andá yendo, no me siento bien, me quedo en casa.
> 8:45

Cuando despierto quedan dos horas para el cierre de los comicios. Estoy transpirada.

Me voy a bañar.

Al salir de la ducha un mareo me frena. Adri me envuelve en la toalla, me lleva a la cama y seca las gotas que todavía siguen ahí.

6

Voto en un colegio sobre avenida Callao, cerca del departamento de Congreso. Todavía no cambio la dirección, volver al barrio me gusta.

Vuelvo al auto. Busco una guardia.

> ¿Te acompaño?
> 17:52

No, quedate tranquila, voy con Adri.

7

Cuando llego está atestada de gente pero me atienden rápido. La médica me da una inyección y me manda a hacer un análisis de sangre y una ecografía abdominal. Me siento en la sala de espera, frente a un televisor que transmite el minuto a minuto de la elección.

No pasa más el tiempo.

> Dale, dejame, voy para allá que estoy cerca.
> 19:44

8

Tengo una infección en los intestinos, tengo que tomar antibióticos, tengo que comer liviano, tengo que hacer reposo.

> No es necesario, ya estoy yendo a casa, mejor vení mañana.
> 21:52

Desde el auto escucho un grito. Viene de una ventana.

—¡Viva Perón, carajo!

Cuando llegamos Adri prepara la cena y comemos en la cama viendo en vivo los festejos por el triunfo y el discurso de agradecimiento. Pasadas las doce cierro los ojos y me duermo sobre su pecho, él me saca los anteojos y los deja en su mesa de luz.

9

Cuando éramos chicos, Edu y yo sabíamos que cualquier enfermedad de alguno de los dos era el talón de Aquiles de mamá. El momento donde ella podía dejar su tristeza a un lado para cuidar de nosotros. Una vez Edu, enojado, golpeó su cabeza varias veces contra la puerta de su habitación mientras le pedía que por favor se levante de la cama y lo vea, que vea cómo se golpeaba y cómo le dolía a ver si así, ahora, podía cuidarlo. Más de una vez mentí y dije que me sentía mal para que vuelva de la editorial y se acueste conmigo y me abrace fuerte.

10

Suena el timbre.

Mi mamá llega después de mediodía con las manos cargadas de bolsas del supermercado: llena la heladera y la alacena.

Prepara una sopa de calabaza.

Me recuesto en el sillón mientras veo cómo va y viene del comedor a la cocina y de la cocina al comedor hablando en voz alta, preguntando cómo me siento del dolor de panza, explicando cómo tengo que preparar la sopa, a qué temperatura el agua, cuánto de calabaza, cuánto de pimienta.

La sopa está lista. La sirve y se sienta en un sillón frente a mí. Antoño la mira con recelo.

Toma la primera cucharada y Ziro ladra para que lo suba. Ella lo apoya sobre su falda, lo acaricia y toma un nuevo sorbo de la cuchara.

—El otro día me apareció un recuerdo en Facebook de cuando Ziro llegó a casa, no puedo creer que haya pasado tanto tiempo.

—Ziro tiene los mismos años que la causa.

Mi mamá empieza a contar con los dedos, los levanta de a uno: el dedo gordo es 2014, el dedo índice 2015, el del medio 2016, el anular 2017, el chiquito 2018 y tuvo que abrir la otra mano para contar 2019.

—¿Cómo te sentís? Qué pena que el juicio no es en noviembre.

—No sé, mamá, cómo estoy, tengo días y días.

—Pienso que lo mejor es que dejes de revolver el pasado, que ya no hables más de la causa con tu abogada, que disfrutes de las cosas lindas de la vida, que cuando sea el momento el juicio va a llegar.

La escucho.

La respuesta siempre es la misma: la justicia es lenta, tené paciencia, no es con vos.

—Es difícil.

Yo tenía una ilusión, yo quería que termine este año para volver a ser libre.

—Si hoy me preguntan si volvería a denunciarlo, si volvería a repetir estos últimos cinco años… yo no sé, mamá.

11

Suena el timbre una vez más y Ziro empieza a ladrar. Es mi papá.

Subí, le digo, y mi mamá aprovecha para reprocharme por qué ella no tiene llaves de mi casa y él sí.

En la puerta lo esperan Ziro y Antoño para darle la bienvenida, uno salta y ladra y el otro lo investiga con distancia.

—Qué hacen los dos monitos, son vagos ustedes, ¡eh!

Se agacha a acariciarlos.

—Qué nueva tu campera, está casi transparente.

Mi mamá se ríe y él da revancha, dice que los jeans son nuevos y que le salieron doscientos pesos en Once.

—¿Preparo unos mates?

Mi mamá acepta, yo prefiero un té.

Se sienta en el sillón al lado mío. Estoy acostada, pero le dejo un lugar en los pies, siempre uso la misma técnica: pongo mis pies sobre su falda y cada tanto, entre mate y mate, ligo algún masaje.

Me gusta sentirlos cerca.

Cuando empezamos a hablar de las elecciones mi mamá se levanta para ir al baño. Mi papá dice que está contento, que los jubilados son los más afectados, que están ganando muy poco, casi la mitad de un sueldo mínimo, pero que cree que van a estar mejor.

—Pero no soy peronista.

Nos reímos.

—¿Volviste a amasar?

Todavía guardo en el freezer los raviolones que hicimos juntos, semanas atrás, cuando vino a casa para enseñarme a cocinar pastas caseras.

—Sigo mal de la mano y no puedo hacer esfuerzo.

—Vamos a poder hacer otras cosas, pa.

Repaso opciones: leer un libro juntos, ir a ver alguna película al cine Gaumont, sacar a pasear a Ziro al parque.

12

Mamá dice que tiene que ir yendo, que se hace tarde.

Busca su campera y Ziro ladra otra vez.

—Vamos que te acompaño.

Salen juntos a la parada del colectivo.

Me despido con un abrazo.

Son las seis de la tarde, el sol se esconde y empieza a refrescar.

Cierro las ventanas y vuelvo a estirarme en el sillón, esta vez Antoño se acurruca entre mis pies.

Agarro la libreta y escribo.

- *Tengo que hacer con la causa lo mismo que hago con mi papá: no pensar.*

Hermano

1

Lleva un jean y una campera de nylon. Cuelga un bolso, una mochila y empuja el cochecito. Valentina duerme cubierta por una manta, abrazada a uno de sus juguetes. Son los últimos días de frío en Buenos Aires.

Lo espero en una de las mesas del fondo de Vai Avanti, la cafetería de Núñez que eligió. Le gusta mucho el café y lo toma igual que mi mamá: apenas cortado.

Me saluda con un abrazo, apretado, y dice hermana, te extrañaba, cerca de mi oído. Habla bajo, muy bajo, y su voz se confunde con el ruido ambiente. Él lo asocia a su falta de seguridad.

2

Mamá quedó embarazada de Edu cuando papá todavía vivía con su primera familia.

El día que nació, papá estaba en Misiones y le pidió a su hermano Roberto que se acerque al sanatorio. Roberto llevó un ramo de jazmines que cortó de su propio patio.

Dijo sus dos primeras palabras a los dos años. Dijo agua. Dijo papá.

Mamá no podía pagar una niñera. Había días que lo dejaba con el portero. Otras veces lo llevaba a trabajar con ella a la revista. Edu se sentaba a su lado, en el piso, y dibujaba. También leía libros.

Yo nací cuando él cumplió los siete años. Recién después papá se mudó con nosotros al departamento de Congreso.

3

Quiere saber cómo estoy. Hace mucho que no nos vemos a solas. Hace mucho que no hablamos del juicio. A veces quiere preguntarme y no se anima. Tiene miedo de hacerme daño.

—A mí me da miedo no sobrevivir al juicio.

4

El día que lo llamé por teléfono estaba trabajando. Era septiembre de 2013. Pedí si podía verlo más tarde. Él me esperó en su casa, preparó un té y me escuchó sentado en una silla frente a mí, sosteniéndome la mano. No hizo preguntas. Me abrazó y dijo que había que hacer algo y lo hizo: organizó una reunión con un terapeuta, me acompañó al abogado y viajó conmigo a Santa Lucía para hablar con toda la familia.

5

—Apareció una oferta de trabajo en Estados Unidos.

Lo escucho. Intento tomar un sorbo del café.

Me levanto de mi lugar y lo abrazo. Le digo que estoy muy orgullosa de él.

Dice que se irían con Lucila y Valentina, los tres. Que tendría que empezar en abril. Que voy a tener mi propio cuarto para cuando quiera ir a visitarlos. Que tal vez puedo viajar en julio, que es verano.

Yo digo que sí con la cabeza. No me salen las palabras. Me siento egoísta.

Se va mi hermano y también mi testigo.

6

Cuando vivíamos juntos, Edu decidió posponer varias veces su independencia. Prefería estar cerca si mamá estaba triste. Decía que mi casa no era un lugar seguro para mí. Intervenía en cada una de nuestras peleas. Dejaba un billete de cien pesos en su cajón por si tenía una emergencia. Me llevaba al cine los fines de semana. Iba a mis muestras de danza. Me ayudaba con las tareas de inglés.

7

—Yo quisiera estar para el juicio, acompañarte, pero dudo que pueda viajar si es a principios del año que viene.

—Entiendo. Voy a hablar con Luciana para saber cómo seguir.

—Hubiese deseado que los tiempos fueran otros, Belu.

8

A poco de volver a declarar, una noche de 2016, mientras cursaba sentí una fuerte presión en el pecho. El aula de la facultad no tenía ventanas, me sentía encerrada y mi respiración comenzaba a agitarse. Intenté cerrar los ojos y respirar profundo, pero las imágenes y las voces volvían a mi cabeza. Avisé al profesor y salí del edificio. Caminé hacia la parada del colectivo para volver a mi casa, pero cuando llegó no pude subir. Decidí seguir andando. Las calles estaban vacías y oscuras, los locales cerrados. Crucé debajo del puente de la autopista hasta llegar a plaza Constitución. Un hombre se acercó, me pidió plata y se llevó mi billetera. Otro que estaba sentado a unos metros, debajo de un árbol, me saludó. Estaba aturdida, a la intemperie. No podía pensar. Solo deseaba irme del cuerpo, salir corriendo de mí misma.

Mi celular sonó y atendí. Era mi hermano. Mamá estaba de viaje y le había pedido que me llamara de vez en cuando para ver cómo estaba. Me pidió la ubicación y a los pocos minutos vino a buscarme. Puso balizas, se bajó del auto y corrió directo hacia mí. Me abrazó. Estaba transpirada pero temblaba de frío.

—Por favor, no te hagas daño.

9

Valentina despierta. Abre sus ojos rasgados y oscuros. La levanto y la apoyo entera sobre mi pecho. Ella gira la cabeza hacia la izquierda y deja caer su cuerpo entredormido.

Cuando por fin se despabila la siento sobre mis piernas. Le convido fruta. Ella quiere tomar de mi taza de café. Le explico que no puede y le ofrezco agua mientras mi hermano pide la cuenta. Es hora de ir al parque.

Me levanto y la agarro de la mano.

Ella gira su cabeza y llama también a su papá. Edu se acerca y sujeta su otra mano.

Los dos nos dejamos guiar.

Juicio abreviado

1

Son las siete de la mañana.

Luciana me envía una foto de los tickets del ómnibus que está por embarcar.

El mismo micro que tomaba de chica. Me dejaba en San Pedro y de ahí subía a otro de línea hasta llegar a Santa Lucía.

Me levanto de la cama y preparo el desayuno.

Es la primera vez que viaja sola y usa el poder que hicimos en marzo.

Tomo el café y me preparo para salir.

¡Buen viaje! Avisame cuando llegues.
7:47

2

Paso toda la mañana haciendo trámites, caminando de acá para allá en pleno microcentro porteño. Camino más de cincuenta cuadras con la intención de no revisar el celular ni mandar mensajes ni preguntar qué es lo que está pasando.

Cuando estoy llegando a la esquina de avenida Córdoba y San Martín, me llega un mensaje.

> Ya estoy regresando.
> 13:15

Entro a un bar y me siento.
No pido nada. No hay mozos.

> DEFENSOR presentó un escrito pidiendo la nulidad del juicio.
> 13:17

La llamo.

—El pedido de nulidad es una estrategia de la defensa para que el juicio no se concrete este año. Es un pedido sin fundamento, así que no te preocupes.

Alivio.

—FISCAL quedó en insistirle a JUEZ para que determine una fecha de juicio, aunque no cree que sea antes de abril. Lo siento.

¿Otro año más?

Pasaron dos años de la elevación a juicio.

—Pero apareció una opción, Belén.

La escucho atenta.

—Hablé con DEFENSOR, le pregunté qué pensaba sobre el juicio abreviado y respondió que ACUSADO aceptaría, que diría que es culpable a cambio de una condena de ejecución condicional.

Hago silencio.

Saco de la mochila *El común olvido* de Sylvia Molloy. Arranco la última hoja y pido prestada una lapicera al señor que está en la mesa de al lado.

• *Condena de ejecución condicional.*

—Esto quiere decir que queda libre, que durante cinco años ACUSADO queda en libertad pero bajo la observación de un juez, que tendrá que ver si cumple con las normas de conducta que le imponen o si vuelve a cometer un nuevo delito.

Sigo en silencio.

—¿Si acordamos un juicio abreviado no tendría que volver a declarar?

—No, no tendrías que declarar. El juicio abreviado es un juicio privado, no público. Nos reuniríamos las partes ante JUEZ para firmar el documento donde se explicita el acuerdo, vos podrías no venir, incluso.

—¿Y pensás que sería más rápido que el juicio oral?

—Se llama abreviado justamente porque reduce el tiem-po de resolución, agiliza los procedimientos.

La escucho.

Quiero seguir preguntando.

—Tengo miedo de que pateen el juicio oral eternamente.

El señor se levanta de la mesa, tengo que devolver su lapicera.

—Toda esta semana estoy con otro juicio, así que mejor nos vemos la semana que viene. Cualquier duda, llame.

Salgo del bar y subo al primer colectivo que pasa por la avenida Córdoba y me acerca a casa.

Me siento en el primer asiento junto a la ventana.

Gugleo.

Q condena de ejecución condicional

Q condena de ejecución condicional **código penal argentino**

Q condena de ejecución condicional **código penal**

Q condena de **ejecución** condicional **Argentina**

¿Qué significa condena condicional?

La condena condicional es la posibilidad de suspender el cumplimiento de la pena. Lo decide el juez.

La aplicación de la pena se deja en suspenso mientras el condenado cumpla la condición que se le impone.

El juez puede decidir la condena condicional en los casos de primera condena a prisión con pena no mayor a 3 años.

Siempre debe tener en cuenta la personalidad del condenado, su actitud posterior al delito, los motivos que lo impulsaron a delinquir, la naturaleza del hecho, etc.

¿La persona condenada debe cumplir algunas reglas para conservar su condena condicional?

El condenado debe cumplir las siguientes reglas de conducta:

- Vivir en un lugar establecido y someterse al cuidado de un patronato.
- No concurrir a determinados lugares o relacionarse con determinadas personas.
- No usar drogas o abusar de bebidas alcohólicas.
- Ir a la escuela primaria, si no la hizo.
- Hacer una capacitación laboral o profesional.
- Hacer un tratamiento médico o psicológico, si fuera necesario.
- Tener un trabajo.
- Trabajar en forma gratuita para el Estado o para instituciones de bien público fuera de sus horarios habituales de trabajo.

Si el condenado no cumple las reglas, el juez puede ordenar que cumpla la pena de prisión.

3

Apenas llego, me acuesto. Intento dormir, pero no puedo. Tampoco ver una serie o leer el libro de mi mesa de luz.

Tibia.

Cinco años preparándome para el juicio. Cinco años de visitar abogados, comisarías, fiscalías, psicólogos y tribunales. Cinco años para encontrar una abogada, una procuradora y una comisión que me acompañe. Y ahora no quiero ir a juicio.

Nada me libera. Los pensamientos surgen desde lo profundo como burbujas, una detrás de la otra.

Desagradecida.

Tanto quilombo al pedo, me van a decir.

Debería hacerlo, al menos, por todas las demás, por todas las mujeres que no pudieron hablar ni denunciar. Debería hacerlo por mí.

Me levanto y miro a través de la ventana, veo las copas de los árboles que nacen a metros del balcón y ordenan el paisaje.

¿Debería encerrarlo? ¿Y si vuelve a abusar? ¿Es mi responsabilidad? ¿Hasta dónde quiero llegar? Pasé mis veinte años a la espera del veredicto de un juez. ¿Volvería a denunciar?

Cada hoja es un latido.

¿Qué me importa más? ¿Que se declare culpable o que vaya preso?

Yo soy la única que pone el cuerpo.

Pero ¿qué se supone que es reparación?

¿Olvidar?

¿Soltar?

¿Dejar atrás?

¿Se puede reparar un cuerpo como se repara una taza rota? ¿Se verán las fisuras? Los surcos que deja el pegamento seco, por fuera y por dentro, las marcas en la mente.

¿Qué es reparación para mí?

4

> Para mí el juicio abreviado es una oportunidad.
>
> 16:32

Envío otro mensaje antes de que llegue a Capital.

Siento vergüenza.

Hace apenas tres horas me pidió que la espere, dijo que tenía que estudiar todas las opciones.

No sé si lee o no mi mensaje porque tiene desactivadas las tildes azules.

Pasan los minutos. Empiezo a mirar la pantalla. Ninguna notificación. Desbloqueo el celular y entro a WhatsApp. Nada. Prendo y apago el wifi por si es un problema de señal. Nada. Quiero que responda. Vuelvo a entrar a la conversación. La veo en línea. Responde.

Dice que recién está llegando a su casa, que me va a compartir un par de archivos que estuvo leyendo en el viaje.

CÓDIGO PENAL DE LA NACIÓN ARGENTINA

ARTÍCULO 119. - Será reprimido con reclusión o prisión de seis (6) meses a cuatro (4) años el que abusare sexualmente de una persona cuando ésta fuera menor de trece (13) años o cuando mediare violencia, amenaza, abuso coactivo o intimidatorio de una relación de dependencia, de autoridad, o de poder, o aprovechándose de que la víctima por cualquier causa no haya podido consentir libremente la acción.

La pena será de cuatro (4) a diez (10) años de reclusión o prisión cuando el abuso por su duración o circunstancias de su realización, hubiere configurado un sometimiento sexual gravemente ultrajante para la víctima.

La pena será de seis (6) a quince (15) años de reclusión o prisión cuando mediando las circunstancias del primer párrafo hubiere acceso carnal por vía anal, vaginal u oral o realizare otros actos análogos introduciendo objetos o partes del cuerpo por alguna de las dos primeras vías.

En los supuestos de los dos párrafos anteriores, la pena será de ocho (8) a veinte (20) años de reclusión o prisión si:

a) Resultare un grave daño en la salud física o mental de la víctima;

b) El hecho fuere cometido por ascendiente, descendiente, afín en línea recta, hermano, tutor, curador, ministro de algún culto reconocido o no, encargado de la educación o de la guarda;

c) El autor tuviere conocimiento de ser portador de una enfermedad de transmisión sexual grave, y hubiere existido peligro de contagio;

d) El hecho fuere cometido por dos o más personas, o con armas;

e) El hecho fuere cometido por personal perteneciente a las fuerzas policiales o de seguridad, en ocasión de sus funciones;

f) El hecho fuere cometido contra un menor de dieciocho (18) años, aprovechando la situación de convivencia preexistente con el mismo.

Leo los documentos a medida que van llegando.

PROVINCIA DE BUENOS AIRES
PODER JUDICIAL

San Nicolás, 28 de junio de 2018
AUTOS:
El Sr. FISCAL, formula orden de detención y requerimiento de elevación a juicio en contra de ACUSADO por el delito de abuso sexual gravemente ultrajante, cometido contra una menor de 18 años de edad, aprovechando la situación de guarda y convivencia preexistente en forma reiterada, en concurso ideal con el delito de corrupción agravada cometido por persona encargada de la guarda.

Envía un audio.

—El Código dice que podría haber juicio abreviado si los delitos tienen una pena privativa de la libertad no mayor a quince años. Y dice, también, que la pena de ejecución condicional requiere un delito que no supere los tres años de condena. Pero viste la elevación de FISCAL, ¿no? Ahí menciona el delito de abuso sexual gravemente ultrajante, agravado por las circunstancias de los apartados b) y f): era tu cuidador y tenías menos de dieciocho años. Y para ese delito, que es el tuyo, la pena es de ocho a veinte años.

Hago silencio.

—El tema es ese, Belén, son muchos hechos y son muy graves. Lo veo muy difícil.

—¿Debería retractarme de algún hecho? No entiendo.

—Belén: en principio, le cabrían mucho más de quince años, y aunque pudiéramos bajarlo a quince para que hiciéramos un abreviado, sacando los agravantes, proponiendo una alternativa al cumplimiento efectivo en prisión, que puede ser prisión domiciliaria, se distancia mucho de los tres años para darles la condicional. Dame una semana. Es una cuestión muy técnica, necesito estudiarlo bien.

Respiro.

—Mientras tanto, pensá qué es lo que querés. Este es tu caso, esta es tu historia, y yo voy a hacer lo que vos decidas.

Vértigo

1

Mi hermana me envía una foto. No hablamos desde la última vez que papá estuvo internado. Están los dos sentados en el asiento de atrás de un auto. Mi papá lleva la mano izquierda vendada con un soporte que la sostiene a la altura de su pecho.

> La operación salió bien,
> ya estamos volviendo a casa.
> 11:04

Quisiera estar con mi papá, digo en voz alta y Adri acaricia mi hombro. Desde anoche permanezco sentada, rígida, apoyando mi espalda sobre una almohada caliente.

Antoño sube a la cama y se acuesta sobre mis costillas. Acaricio su frente, despacio, como le gusta, y él apoya su hocico húmedo sobre mi cara y por fin duerme. Ziro también descansa en su cucha.

2

Marco el número de papá. Atiende enseguida: antes que nada quiere saber cómo estoy, mamá le dijo que no me sentía bien.

—¿Por qué no llamás al médico?

Escucho su respiración.

—Me quedo intranquilo. Yo voy a estar tres semanas vendado, no me pueden sacar los puntos enseguida por la diabetes, tardo más tiempo en cicatrizar.

Le digo que descanse y que no se preocupe que me cuido.

—Si en algún momento querés hablar, llamame.

3

A veces tengo ganas de mandar todo a la mierda, quemar la causa, incendiar esto que escribo.

Escribir es registrar. Pericias, interrogatorios, audiencias, idas y vueltas, las ganas de que llegue el juicio, de declarar y que todo termine.

Recupero mensajes, audios, archivos, fotos, recetas médicas, resultados de laboratorio, pasajes de micro, tickets de peaje, anotaciones en hojas sueltas, libretas.

No quiero defraudar a nadie.

Me siento egoísta.

Sola.

¿Quién soy yo sin llevar adelante una causa judicial?
¿Qué es lo que queda de mí?

4

- *¿Cuál es mi causa?*

5

Por la noche los mareos vuelven y vuelvo yo también a la guardia.

Lo que tengo se llama vértigo y es la pérdida del equilibrio, la sensación de que todo gira patas para arriba alrededor mío.

Causa

1

La espero en la parada del 152 que pasa por la avenida Santa Fe y nos lleva directo a lo de Edu.

Cuando llega el colectivo veo que me hace señas desde la puerta de atrás y yo subo, pago mi boleto y me siento junto a ella.

Trae encima una silla para encastrar en una bicicleta, así Edu puede llevar a Valentina a pasear. Es diciembre y tiene puestos unos jeans con flores bordadas, una remera rosa bebé y sus borcegos negros de charol. Elogia mis sandalias, que me regaló ella, y empieza a hablar sin interrupción: dice que fue a la peluquería a la mañana, que ayer trabajó hasta tarde en la revista, que un compañero de trabajo le consiguió un descuento del cincuenta por ciento en el restaurante al que vamos a ir a almorzar, que queda en el corazón de San Isidro.

—¿Pasó algo nuevo con la causa?

—Sí, pero prefiero no hablar ahora.

Cambia de tema enseguida, me sorprende que no insista.

Cuando llegamos, Valentina está molesta porque no durmió su siesta mañanera y no quiere que le cambien el pañal, así que mi hermano hace malabares sobre el cambiador y yo empiezo a jugar con ella, hago que le como un pie o un cachete o la nariz dando mordiscones sonoros.

Edu le dice a mamá que siempre nos trae a lugares cool porque ella es cool. Nos reímos.

Valentina despierta cuando llega el postre, yo le convido un poco de helado de vainilla que le encanta y refresca. La llevo a pasear por el restaurante, sus sandalias tropiezan contra el piso de madera y se aferra a mi mano. Dice mamá, papá y abu pero tía todavía no y eso un poco me molesta. Igual me tira los brazos y jamás llora cuando la cuido. Me veo en muchos de sus gestos. Como cuando se enoja y aprieta los puños y su cara se vuelve roja, o cuando roba la pelota a los chicos de la plaza para jugar al fútbol. También cuando le pone cara de culo a mi papá —su abuelo— por verla tan poco.

Volvemos a la mesa y Edu cuenta que prefieren Plano, una ciudad al norte de Dallas, que es más tranquila y tiene parques y reservas naturales cerca. Dice que pensó en mí cuando vio un departamento porque una de las ventanas de las habitaciones da a un arroyo, y que ese arroyo seguro es un lugar lindo, inspirador, para que yo escriba.

Sonrío.

No puedo pensar en otra cosa más que en su futura ausencia durante el juicio.

2

Justo al lado del restaurante hay un parque muy lindo que también da al río. Ahí nos sentimos más cómodos. Mi hermano lleva al arenero a Valentina, le gusta trepar al tobogán y al sube y baja, y hamacarse en las sillas para bebés.

Me quedo sola con mamá. Estoy recostada, apoyando mi cabeza sobre sus piernas, ella acaricia mi pelo. Pienso que hace mucho tiempo, tal vez años, que no tenemos un momento así. Las dos solas en silencio frente al río.

—Luciana viajó a San Pedro y apareció la posibilidad de un juicio abreviado. No quise decírtelo porque quería pensarlo sola, por mí misma, sin condicionamientos.

Me pregunta qué significa juicio abreviado, le digo que ACUSADO se declararía culpable pero que pediría una pena menor, que su abogado dijo que aceptaría la propuesta si no hay condena en prisión.

Me mira a los ojos. Escucha. Trato de explicarme mejor.

—Claudio asumiría la culpa, pero queda libre.

Lentamente sube su mentón y sus ojos que antes me miraban ahora miran el cielo y empiezan a ponerse vidriosos.

—Y vos ¿qué querés?

Hago silencio. Puedo escuchar el sonido del río y el grito de los chicos que juegan en la orilla, revoleando piedras al agua con sus amigos.

Le digo que no sé qué quiero, pero que sé lo que no quiero.

—No quiero volver a declarar más, mamá.

Ella me mira otra vez.

—Yo también quisiera que no vuelvas a declarar, que no tengas que viajar, que dejemos todo esto atrás. Que se declare culpable es suficiente, Belu.

Ahora llora.

Me recuesto sobre su pecho y la abrazo.

Agradecimientos

A mi editora Ana Laura Pérez.

A mi maestra Gabriela Cabezón Cámara.

A mi primera lectora Carolina Cobelo.

A mis compañeras de escritura Victoria Baigorrí, Paula Rodríguez y Belén Longo.

A mis amigas Valeria, Amparo y Magui.

A Luciana por su trabajo y dedicación.

A todas las mujeres de la comisión: Natalia, Carolina, Ileana, Julieta, Natalia M., Florencia y Nadia.

A Rebeca, Juan Carlos, Eduardo, Lucila y Gregorio por el amor.

A Adri, por todo.

Índice

Algunos títulos imprescindibles
de Lumen de los últimos años

El remitente misterioso y otros relatos inéditos | Marcel Proust
El consentimiento | Vanessa Springora
Beloved | Toni Morrison
Estaré sola y sin fiesta | Sara Barquinero
El hombre prehistórico es también una mujer | Marylène Patou-
    Mathis
Manuscrito hallado en la calle Sócrates | Rupert Ranke
Federico | Ilu Ros
La marca del agua | Montserrat Iglesias
La isla de Arturo | Elsa Morante
Cenicienta liberada |Rebecca Solnit
Hildegarda | Anne-Lise Marstrand Jørgensen
Exodus | Deborah Feldman
Léxico familiar | Natalia Ginzburg
Canción de infancia | Jean-Marie Gustave Le Clézio
Confesiones de una editora poco mentirosa | Esther Tusquets
Mis últimos 10 minutos y 38 segundos en este extraño mundo |
    Elif Shafak
Una habitación ajena | Alicia Giménez Bartlett
La fuente de la autoestima | Toni Morrison
Antología poética | Edna St. Vincent Millay
Madre Irlanda | Edna O'Brien
Recuerdos de mi inexistencia | Rebecca Solnit

La intemporalidad perdida | Anaïs Nin

Las cuatro esquinas del corazón | Françoise Sagan

Una educación | Tara Westover

El canto del cisne | Kelleigh Greenberg-Jephcott

Donde me encuentro | Jhumpa Lahiri

Caliente | Luna Miguel

La furia del silencio | Carlos Dávalos

Poesía reunida | Geoffrey Hill

Poema a la duración | Peter Handke

Notas para unas memorias que nunca escribiré | Juan Marsé

La vida secreta de Úrsula Bas | Arantza Portabales

La filosofía de Mafalda | Quino

El cuaderno dorado | Doris Lessing

La vida juega conmigo | David Grossman

Algo que quería contarte | Alice Munro

La colina que ascendemos | Amanda Gorman

El juego | Domenico Starnone

Un adulterio | Edoardo Albinati

Lola Vendetta. Una habitación propia con wifi | Raquel Riba Rossy

Donde cantan las ballenas | Sara Jaramillo

El Tercer País | Karina Sainz Borgo

Tempestad en víspera de viernes | Lara Moreno

Un cuarto propio | Virginia Woolf

Al faro | Virginia Woolf

Genio y tinta | Virginia Woolf

Cántico espiritual | San Juan de la Cruz

La Vida Nueva | Raúl Zurita

El año del Mono | Patti Smith

Cuentos | Ernest Hemingway